冰窟窿

司馬中原 著

冰窟窿

那一年的風訊來得早，甘家河也提前被冰封實了。天氣寒冷成那種樣兒，家家屋頂上的積雪結成整片白色的冰殼兒，簷口狗牙似的凍鈴掛有兩尺多長，風又尖又冷，吹在人臉上，逼得人咽不過氣來。若說出門會凍掉人的耳朵，也許有點兒誇張，至少在甘家河那一帶地方，還沒冷到那種程度，但則，行路人凍倒在冰上，卻是司空見慣的事情。

甘家河淌過這片地曠人稀的平野，沒遮沒攔的風勢奇猛，使河兩岸的樹木都常年直不起腰來。每逗著起風訊的日子，前甘家村和後甘家村的人，很少有人敢出門，委實太寒冷了。只有挑水伕兼巡更的小癩痢，無分日夜的留在外頭。白天，他要鑿開河面上的冰窟窿，替前後村上好些人家挑水，夜晚，他又要敲打著梆子，轉著圈子巡更。這份差事真夠辛苦的，也只有小癩痢那種憨小子能苦得來。

在甘家河這一帶地方，憨憨的小癩痢算是知名的人物，但凡提到小癩痢三個字，沒誰不知道的。他在隆冬臘月裏，經常光著腳，只穿一雙窩鞋，半捲起一截褲管兒，在甘家河的冰面上走來走去的擔水；夜晚巡更，每夜總要到三更之後，才鑽到河口的矮茅棚裏，摟著他的癩皮狗睡覺，——除了身下的草窩窩，他連一床被子都沒有。

但是小癩痢真是個奇怪的人，再冷的天氣，他還只是穿著他那件破得淌棉絮的小棉襖，一條打了不少破補釘的夾褲，從來沒喊過一個「冷」字。

有人跟他說：

「嗄，癩痢，你難道真是火龍變的，就不覺得冷？你單身一個人，積賺那許多錢幹啥？就算留著日後娶媳婦罷，也不能光顧娶媳婦，不顧身子。」

「誰說我冷來？」小癩痢說：「肩膀上一壓著扁擔，我就滿身發火，一頭是汗，連這件小棉襖都懶得穿，得敞開扣子來呢！」

事實上，小癩痢不怕冷倒是真的，他是這樣的凍慣了，越是大寒天，旁人蹲在火盆邊，還瑟瑟縮縮的打牙顫，他卻冒著凌晨的尖風，嘿呀呵呀的唱著挑水，渾身汗氣蒸騰的。據說有一回，他挑完十幾擔水之後，沒口的嚷熱，一豁豁去身上的小棉襖，脫去夾褲和窩鞋，當著一群在打冰溜兒的孩子，跳進冰窟窿裏去洗了一把澡，上來的時刻，襠裏還夾了一條大青魚。這麼樣的一個人，說他不怕冷，並不爲過了罷？

然而，不怕冷的小癩痢，心裏自有一塊化不開的冰凍；他是個沒爹沒娘的苦孩子，他爹死去時，他還不懂事，他只記得他娘臨死，拉著他的手，要他辛苦的積錢，好歹娶房親……。小癩痢自小頭上長了禿瘡，滿頭爛乎乎的，塗著濃汁似的稀硫磺，近人時，就有一股子觸鼻的腥氣，人們叫慣了小癩痢這個諢名，其實他一點兒也不小了，廿三四歲的人了。他住的窩棚很矮小，兩簷貼著地面，連一扇碗口大的小窗也沒法子開，黑洞洞的像個陰寒的地穴；他的全部家當，也只是鍋碗瓢盆，一條扁擔，兩隻水桶，和一條陪伴他的癩皮老狗。

這些年來，他靠著替人擔吃水和巡更，一枚一枚的積著錢，錢是積了些，但離開娶媳婦還遠得很；這並不是說他積的錢不夠聘禮，而是前後甘家村，沒有哪個姑娘肯嫁給他，他那一頭的癩痢，巧嘴的媒婆也難掩飾得了。

長長的冬季裏，荒曠的平野上少見人蹤，只有他一個人，彷彿被人們遺棄了似的，在灰雲重重的野天下面，嘿呀呵呀的擔著水，或是一路敲打著篤、篤的梆子，繞著滿是冰稜的村路巡更。

也可以說，只有他才懂得隆冬苦寒的滋味。

那是怎樣的一種聲音呢？

「好生記著，癩痢，辛苦過日子，忠厚爲人，就是一頭癩痢治不好也不要緊；早點積聚些錢，娶房親，娘在黃泉地下，也就安心瞑目了！」

深夜裏，小癩痢巡更回來，和衣倒在窩棚裏的草上，摟著那條癩皮狗，睡不著時，常聽見娘當初臨去時的叮嚀。日子那樣無聲無息的淌過去，像開河後的河上的流水，不知要淌到哪兒去？

冷風在雪野上、冰面上，打著尖溜溜的唿哨兒，聽在耳裏，一心都是凍渣兒，瞧光景，娘的那份心意，全叫辜負了。

「小癩痢只配得他那癩皮狗，癩成一對兒！」

前村後村，都有人這樣的譏諷過他，更使小癩痢想來傷心；橫高豎大，筋強力壯的一個人，難道只爲這一頭癩痢，就一輩子娶不著老婆麼？

記不清是什麼時辰了？曾聽誰講過一個遠遠遙遙的傳說，禿子娶得仙女的傳說，倒給了小癩痢幾分安慰，幾分幸福的幻想。逢到淒寒的夜晚，他心裏蘊著許多無告的淒酸，那傳說便會隨著冰冷的尖風而來，掛在低低的屋簷下面。

說是很久很久之前，郭家莊有個名叫郭丁香的姑娘，長得聰明伶俐，可惜是個稀毛禿子，這郭丁香姑娘自幼許配給張家，張家百萬家財，只是一個獨子，據說張家少爺誕生後，曾請過一個算命瞎子來算命。

瞎子一算說：

「恕我瞎子嘴快直言，我看，你們這位少爺，天生是個端瓢執棍的討飯命，無論你們目下家境如何，這命卻是改變不了的！」

張家的人聽了，不信說：

「您再仔細算算看，張百萬的兒子會討飯？」

「不但會討飯，」瞎子又說：「按照他的命相看，他日後還要靠老婆的福份，沾老婆的光，假如他已經訂了親，就該及早的迎娶來家，也許能免掉沿街討乞的日子，過得富餘一些。」

張家的人一想，媳婦原是自家的媳婦，早討也是討，晚討也是討，既然相命先生這麼說，不如早點告訴郭家，就近揀個黃道吉日，備轎子把新娘迎娶過門罷！

富家娶媳婦，自有一番闊綽的排場，吹吹打打，說不盡的風光；但當夜晚，新娘卸妝的時刻，露出了她的稀毛禿頭來了。張家那少爺一看，心裏說不出有多懊惱，一句話也沒說，一甩袖子跨出房門，把新娘扔下，獨自回到書房安歇去了。

張百萬夫妻倆聽了，跑去安慰兒子說：

「新娘只是個稀毛禿兒，比那光板禿兒好得多，這一切都是前生註定了的，爭也爭不得，抗也抗不贏；再說，她除了禿一些之外，人還算是有模有樣的一個人，你還是回房去罷，……我們也等著早點抱孫兒呢！」

「我不幹。」兒子說：「世上姑娘千千萬萬，爲什麼我就該挑個禿子？她是你們挑來的，要是要，你們自己要，我是決不要她了。」

「嗨呀，你瞧這孩子有多拗法兒？」老婆婆說：「你沒聽人說：禿子禿，住瓦屋嗎？十個禿子有九個是好命，她的長相很富泰，一看就知是個福命，人說：一人有福，拖帶滿屋，相命的瞎子說你命薄，日後還要靠她的福星照著你，才好過日子呢！」

兒子一聽，更不信服了，他說：

「我偏不信這個，我要退婚，看看我日後會不會淪落長街，討飯過日子！」

「我看你是越說越邪了！」做爹的翹著一把山羊鬍子說：「哪有新娶的媳婦剛進門，就嚷著退婚的？她又沒犯上七出之條，退婚的話，怎能說得出口？」

「行不得，千萬行不得，」做媽的也跟著說：「這話要是一旦傳揚開去，婚沒退得成，張家的光采都會失盡了！……人家是會恥笑的呀！」

而這位少爺卻不管這許多，他只是不要禿頭的老婆，白天他酗酒，夜來腳不踏進房門檻兒，口口聲聲嚷著，要把郭丁香給休回去。他的父母叫他氣得三葷六素，究竟拗不過兒子，便把郭丁香喚來說：

「姑娘，這孩子跟妳沒緣分，我們有心留妳在這兒，也只是讓妳受罪罷了，好在你們雖拜過天地，兩人並沒同房，我們喚妳來，也只是把話說明了，看妳的意思如何？妳要是肯回去，我們再跟妳父母另行商量……」

郭丁香聽了話，掩面哭泣說：

「婚姻是前生註定了的，做媳婦的既上張家門，就是張家人，哪敢把吃苦受罪放在心上?!……只求好心的公婆收留我，哪怕當丫環，做使女，我也不願再回去了。」

她既這樣不願離開張家，做公婆的也不願硬攆她，就這樣的過了兩三年。在這兩三年裏，張家起了很多的變化，郭丁香的公婆全都死了，當家作主的權，都操在她那從不踏進房門的丈夫的手裏。這個有名無實的丈夫，常常百般的虐待她，把她攆到後屋去，要她跟下人在一起，整天做著粗活，一有不小心，就得挨打挨罵。

正好這時候，那個算命的瞎子又經過了張家村，這位張大少爺想起當年父母說他命薄的話，就把瞎子叫進門來，要他替自己仔細再算一算命。

瞎子把他的生庚八字一掐說：

「你這個命，我老早就算過了！敢情你是不相信我？你若不是託你妻子的福，只怕早就拎著打狗棍到長街討飯去了！」

「笑話了，」張家少爺說：「張百萬家，銀錢壓折樓板，會出個端瓢討飯的？我看，你這樣信口開河，怎能再走江湖騙人？——你這雙馬子（＊褡褳）該卸了，小鑼也該砸了！」

「那倒不一定，」瞎子說：「你要是再過三年不討飯，再說這話也不晚！錢財是有腿的貨，專流向發旺的家，你休要以為那就是你的！」

「憑你這番話，算命的錢你甭想拿了！」

「嘿嘿，」瞎子衝著盛怒的張家少爺說：「你這討飯的命，根本不值錢，算著這種命，連我也沾上三分晦氣，你以為我還稀罕你那兩文小錢？」

說著，逕自揹上褡褳，轉身敲打著他的小鏜鑼，走了；卻給這位張家少爺，留下一片抑鬱的陰雲。想著瞎子的話，就捺不住心頭的鬱火……我不信不靠那個禿頭的郭丁香，我就非討飯不可?!他這樣想著，便著人到後屋去，把郭丁香找來，跟她說：

「我把休書寫給妳，妳今天就替我走，算命的說我是討飯命，要靠妳過日子，……我不稀罕妳的財氣和福氣，我是個漢子，一向不願依靠誰的。」

「相公，你說這話該多想一想，」郭丁香委屈的說：「我不是自家走來、逃來的，也是花花大轎抬來的；我在你張家兩三年，侍奉公婆湯藥，哭送兩老入土，委屈受盡了，也沒吐過半個『苦』字，你著意要休我，可見你無情無義，這個家，在我也沒什麼好留戀的了。」

「沒留戀，還用得著廢話連篇？」張家少爺著人寫了兩紙休書來，當時就逼著郭丁香打了指印，又叫人端來五十兩銀，要她帶著上路。

那時正值隆冬天寒，外面大雪紛飛，可憐郭丁香還穿著嫁時穿著的那件薄薄的紅綾小襖，不但褪了色，到處還都因做苦活磨破了，打了各色的補釘。她兩手顫索著摺起那紙休書，卻不接那五十兩紋銀。

臨走時，她咽泣著，朝空裏招手說：

「你是你的張百萬，
我是我的郭丁香，
是我的財氣跟我走，
不是我的財氣歸張郎……。」

風吹著，雪落著，咽泣著的郭丁香，就這樣的懷揣著一紙休書，結束了她在張家這一段噩夢似的日子，一步一個黑腳印，踩過白茫茫的雪野，孤孤淒淒的走了。

她並沒走回她的娘家郭家莊去，卻先到路口的松林裏她公婆的墳上去哭了一場。滿眼是白茫茫的，滿心也是白茫茫的，她不願回到郭家莊去受人奚落，當然也不能再回張家了！若說就在公婆墳前的樹枒上上吊罷？何必牽累那執迷不悟的張郎去打一場人命官司？……算命的算他是討飯的命，如今自己跟他雖不再是夫妻了，但總算夫妻一場，沒有名份，仍有情分在，不如由自己去長街代他討飯三年，但求上天保佑他罷。

她這樣想著，便迎風冒雪的摸向鄰鎮去了。沒等她摸到鎮上，天已經黑了下來，銀色的雪光迷人兩眼，也使她摸岔了方向，她在寒風大雪裏跋涉了一夜，二天倒在一家低矮的茅屋門前。

那家也姓張，家裏有個瞎老婆婆和一個兒子，兒子是個光板禿子，兩母子一貧如洗，張小禿子是個孝子，靠著生豆芽、磨豆腐小買賣度日，每天賺得幾文錢，小禿子都買些吃的哄著他娘吃，自己寧肯挨凍受餓，絕不吭聲。

但是這位瞎老娘並不快活，心裏全為小禿子的親事牽掛著，早燒香，晚拜佛，夜來夢醒了也要禱告著，求上天成全，讓小禿子早些娶媳婦。這天她做了個夢，夢見菩薩駕著五色祥雲從天而降，把個玉女推送到她的茅屋門前，同時，打天上發出聲音說：

「張家少爺臉發紅，休出玉女配金童。」

瞎老婆婆一驚，把夢驚斷了，側耳聽聽，正是雞啼大五更，她即時揉著眼，喚醒兒子說：

「小禿兒，你快聽娘的話，披衣下床，推開柴門去看看，看門外有人沒有人？」

「我說娘，妳敢情是做夢了，」小禿子夢夢盹盹的說：「這才交五更，外面落著鵝毛大雪，曉風尖稜稜的，門外哪會有什麼人來？」

「不錯。」瞎老婆婆說：「剛才我夢著菩薩，駕著五色祥雲，從天而降，把個玉女推送在咱門家的柴門外邊，說是替我送媳婦來了呢！」

「哪有這等事？」兒子不信說：「娘妳是想媳婦，想抱孫子，想瘋了心了，可憐我這光板禿子，家裏又這樣窮苦，賺點兒錢只夠養活娘的，哪敢存娶媳婦的念頭？……像我這樣的人，沒人願嫁我，還說什麼玉女？」

「你聽娘的話沒有錯。」瞎老婆婆固執的說：「你快些打火掌上燈，開門看看去罷！」

小禿子沒辦法，只好胡亂穿起衣裳，把燈給點燃了，拉開柴門一看，不由嚇了一跳。——原來白茫茫的雪地上，果然印著兩行歪斜的黑腳印兒，這黑腳印兒一路迤邐到自家的門邊來，那邊的牆角下，真的蹌伏著一團白白的東西，細看才知是個人。

「我說娘，門外真的凍倒了一個人呢！」

「快把她扶回屋來罷，」瞎老婆婆說：「那就是菩薩替你送來的媳婦呢。」

小禿子從沒遇過這等的事，因爲他過來抱起那人時，發現她竟是一個年輕輕的女人，身上穿著破舊的紅綾襖，頭上頂著一隻破蔴布口袋，渾身都是雪花。她敢情是在雪地上凍得久了，才暈倒在這兒的。他把她連攙帶抱的弄回屋裏來，關上柴笆門，將她放在一張破椅上，又手忙腳亂的移過燈火來，這時刻，瞎老婆婆也起床摸索出來了。

「娘，她凍僵了，該……怎麼辦呢？」小禿子慌亂的說：「我要去抱柴升火嗎？」

「啊，動也動不得。」瞎老婆婆急忙搖手說：「你要切切的記住，但凡是凍僵了的人，千萬近不得火盆。你先上灶去，燒一碗薑湯來，撬開她的牙關，把薑湯替她灌下去，再把她移到我的舖上，娘把她的溼衣脫了，用被裹著，等她自己轉暖，過些時刻，她自會醒轉來的。」

就這樣，在張家見棄的郭丁香，被瞎老婆婆救活了，瞎老婆婆問明她的原委，覺得她的境遇實在可憐，便跟她說：

「那個富貴的張家不肯留妳，我們這個貧賤的張家卻是求之不得呢！我有個兒子，雖是個光板禿子，但他爲人倒是忠厚勤勞，又有孝心，姑娘若是不嫌棄，我真想有妳這麼一個媳婦……。」

郭丁香聽了，嘆說：

「老婆婆，不瞞妳說，我也是個禿頭，……這也許是天意罷……。」

「可不是，我夢見菩薩駕了五色祥雲，親自把妳送上門來的。」瞎老婆婆又把她的夢說了一遍。

從此，郭丁香就跟小禿子配成了夫妻。

說也奇，小禿子自從娶得郭丁香之後，家裏諸事順遂，一天比一天發達。有一天，小夫妻兩人覺得頭上發癢，拚命的抓撈，忽然，從頭上噹啷噹啷的掉下一隻金碗和一隻銀碗來，兩人再瞧，頭都不禿了……他們因此變成了富人啦。

但那張家村裏休妻的張郎怎樣了呢？自打郭丁香離開那座宅子，楣運就落到休妻的張郎頭上；有人見著村前村後的飛鳥移巢，成群的老鼠從倉庫裏啣著穀粒兒搬家，接著，宅子連起三把天火，把一片瓦屋樓台燒成了灰燼。張家少爺原是個甩膀子吃喝的人，哪能忍受得些許貧寒？於是乎，出賣祖上留下來的田產，仍然過著招朋宴飲的日子，可惜好景不常，不到三兩年的功夫，便把所有的錢財流水花盡了，真的淪爲一個討飯的乞丐。

到了這步田地，才想起當初不該休去郭丁香那樣的賢妻，但那已經晚了！這個落魄的張郎，連討乞都不敢大明大白的上鎭去討，怕叫熟人見著，難以爲情，因爲凡是認出他來的人，都會把他指給孩子看說：

「瞧罷！這人就是當年張百萬的後人，自幼浪費無度，又無故休妻，如今就落得這般的下場，日走百家，也不定能塡飽肚皮……。」

張郎聽了話，羞得用麻袋遮著頭，掩住臉，從此只好走鄉野，投荒村，到那地曠人稀的去處，低著頭哀聲的乞討一點兒，不管是冷是熱，不論是乾是溼，伸瓢接了，聊以充飢。

這一年的冬天，天起風訊落了大雪，可憐這討乞的張郎連討幾個荒村，仍然是手端一隻空瓢，渾身又冷，腹中又飢，真箇飢寒交迫，走投無路了。他走了半夜的雪路，天亮後，摸到一個大莊院上。

「天喲！」他透過一口氣來說：「虧得遇上這麼一所莊院，要不然，我真的會凍暈在雪地上了！」

他踉蹌走到那莊院門前，仔細再看，不由得嚇了一跳，原來這所莊院的屋宇，長牆的式樣，全跟他那被天火燒光的莊院一樣，看在眼裏，真是觸景生情，不由得落下淚來，一時頭暈目眩，就覺眼前黑山上湧，兩腿一軟，就跌倒在門階下面了。

還是狗叫聲驚動了守門的人，推門看見有人凍僵在雪地上，便慌忙報進內宅去，郭丁香聽到了，急忙著人把凍倒的路人抬進宅子，又著人到灶屋去張羅熱湯灌救他。

討乞的張郎遇救醒來，有個小丫環帶他到灶屋去用飯，郭丁香親自去取了一錠銀子，打算施捨給這可憐的討乞人。

但當她抬眼看見那個乞丐時，立即就認出他是誰來。

「你？你不是張家莊的少爺麼？」

「哦，」那乞丐紅了臉，低著頭，不敢吭聲。

小丫頭卻在一邊催促說：

「嗳，討飯的，咱們家少奶奶問你的話呢，你怎麼不答話呀?!」

「嗨，淪落到這步田地，還有什麼好說的，」討乞的張郎吁嘆說：「楣運來時遭天火，瓦屋樓台化灰塵，不是當初休了我那賢妻，怎會變成端瓢執棍的討飯人？」

「我這兒還有錠銀子，你留著應急罷。」

討乞的張郎伸手接過那錠銀子。郭丁香說：

「算命先生說的話不錯：錢財是有腿的貨，專流向發旺的家。你當時不知警惕，如今空自懊悔又有什麼用呢？……你抬起頭來，看看我是誰？」

「妳……妳?!」討乞的張郎抬頭一看，不由朝後倒退著，顫顫的指著郭丁香，滿臉通紅，只是說不出話來。

「不敢認麼？」郭丁香說：「我就是你休去的妻子郭丁香。」

「天……喲！」討乞的張郎哀叫一聲，就一頭鑽進灶洞裏去燒死了。

原來金童和玉女，是下凡來指撥這個討乞的張郎的，他死後，玉帝憐他還有羞惡之心，便封他做灶王，無怪灶王爺成年坐吃，滿臉通紅，因爲這份差使，全靠他被休去的妻子郭丁香替他討得的……。

荒荒緲緲的故事，在荒涼的土地上傳播著，小癩痢在幼小的時刻，心裏便印著被休去的郭丁香和張小禿兒的影子，那一雙從天上下降的鴛鴦。心，是一塊奇妙的鏤刻板，刻上了什麼，永生也塗抹不掉，在晴和的日子裏，這版面上的影象並不分明，每逢著寒冷陰溼的時光，心版上刻著的那幅圖景，便會像反潮似的回映出來。

如今，呼嗚呼嗚的寒風轉述著這個故事，睡不著覺的小癩痢獨自傾聽著，這傳說的故事對於他，特別具有一種百聽不厭的魔力，雖說那些傳說裏的神仙人物，距離他是那樣的遙遠……

若說真是渴望有朝一日，真能娶著郭丁香姑娘那樣的仙人麼？小癩痢倒沒有這樣的非份妄想過，他是個實實刻刻的年輕人，窮慣了，苦慣了，凍慣了也餓慣了，卻把這窮苦凍餓當成他的本份，用它來打熬筋骨，用它來打發長長的寂寞的光陰。只是當深夜裏獨自入宿的時辰，一口咈熄了燈火，這間濱河的低簷矮屋，便彷彿沉陷下去，沉陷下去，變成一座奇深無底的黑洞洞的地穴，被冰裹著，被雪壓著，使人打心底朝外發冷。

小癩痢要是隨和點兒，倒可以跟那些擔水的、巡更的同夥們團住在那邊的更棚裏。那座方形的扒頭屋很夠寬敞，旁邊還有一排牲口棚，棚簷下面堆著大捆的荆棘，逢到這種苦寒天氣，那兒終夜升著煙氣騰騰的荊棘火，把人周身的筋骨都烤得鬆鬆懶懶的。那幾個單身漢子，都抱著他們自己得樂且樂的窮算盤，把腦袋伸在海碗邊，圍聚成一朵花，猛擲著骰子，或是一唱一和的，用濃濃的鼻音哼唱著淫冶的俚曲兒，不是「大姑娘懷春」，就是「小寡婦上墳」，歌聲也慵慵懶懶的，說不上是希望？還是對自己的諷嘲？但是，小癩痢從來不願湊那種熱鬧，說到賭錢，他更是不沾邊兒。

「癩痢那小子，真是塊死木頭！」

同夥的幾個漢子，都這樣的笑話著他。

其實，外表看上去木木訥訥的小癩痢，自己的心眼裏也有一把算盤，當簷下的寒風重新說起那遙遠的故事的時辰，他就會想到許多很正經的事。

傳說雖把人的命運定得那樣駭板，但小癩痢始終有些疑惑，認爲人只要存心忠厚，勤勞刻苦，就比妄信命運要強。假如傳說裏的那位張家少爺，要是存心忠厚不休妻，再勤儉過日子，即使家宅起天火，燒得片瓦無存罷，燒了房舍還有田產在，也不至於端瓢討飯？……那個張小禿子，要不是勤勞刻苦，也養活不了郭丁香！

有了這樣想法，小癩痢就沒曾怨過自己的命苦，反而覺得沒生在富貴人家，苦著掙著是應該的。有句俗話不是說：十年河東轉河西，莫笑窮人穿破衣嗎？自己若不苦掙，錢財會打天上掉下來?!

那些同夥們很少提到娶老婆，偶爾聽誰說起娶妻生子的事，莫不嗤之以鼻，總說：「做夢罷，咱們這種人，自己混自己，還混不飽肚皮呢！就是有女人肯跟咱們過日子，咱也不能讓她光著屁股喝西北風，論餓也把她餓跑了呢！」

小癩痢不肯把娶老婆的事情當成玩笑看，寧肯悶著不提它，偷偷在心裏描繪著未來的圖景。若想娶著一個人，必得要先把小錢袋積滿，皮囊子綳得鼓鼓漲漲的，捏著搖也搖不響才行。窮漢子娶妻，聘禮是一文也少不了的。

小錢袋積滿了又該如何呢？沒有哪個巧嘴媒婆能爲自己說妥一宗門當戶對的親事！在苦寒的季節，封實了的甘家河的冰面變成了南來北往的通路，常有迎親的鼓樂，一路上吹吹打打經過這裏，越發把人心撩撥得癢梭梭的，假如這低矮的棚屋裏，一旦多了個白臉圓臀的女人……

一想到這兒，小癩痢就有些心慌了。

在小癩痢的想像裏，女人是一種極珍貴，極嬌弱，又極奇妙的東西，初初想著她們，心裏會有一股暖洋洋的喜悅，飛速的流佈全身；他從出生起，多年來只接觸過一個女人，那就是他已經病歿的老娘，記憶裏的老娘是一棵多蔭的樹，又彷彿是一盆熾熱的炭火，夏季替他遮擋烈日，寒冬爲他暖屋溫身；那之後，他就被人遺棄在荒寒苦寂當中，沒有再接近過任何女人了。

當然，不管前後甘家村，或是甘家河上，小癩痢也常常看見許多年輕的姑娘，打扮得花紅柳綠的，點綴著春間夏日的原野，她們在河岸浣衣，把她們鮮艷的衣衫和掛笑的白臉倒映在河面的波濤上，即使在遠處，也聽得著她們歡愉的笑語和清脆的擣衣聲；農忙時節，更常有擔饁的姑娘們經過他河岸邊的矮屋，或是紮著青大布的頭巾，高高坐在滿壘麥草的牛車上回村去，黃昏的霞光使她們原已暈紅的兩頰顯得更爲嬌艷；他擔水去村子裏，總會見著她們，襟上捌著帶彩線的花針，三三兩兩的團坐在火盆邊，做枕花，剪鞋花，或是繡荷包，納襪底什麼的，她們的手指，是那樣的纖長，細、白而小巧，彷彿是一段蔥根，一截嫩藕，她們捏著花針的手勢又靈巧又熟練，美得難以描摹。但他總沒過份仔細的瞧看過她們，更沒跟她們交換過一言半語，他常把那些年輕的姑娘們看成薄薄的琉璃瓶子，——只能想一想，看一看，卻不敢伸手去摸觸它們，怕自己這一頭癩痢和粗大蠢笨的手腳，會把它們給砸爛了。

這就是他心慌的緣故，——想得深了，正像已把那薄薄的琉璃瓶子捧在自己的手掌上一樣，急切中沒有安置的地方。

無論如何，把那種樣白臉圓臀的女人放在這間低簷矮屋裏，讓她睏在狗腥味很濃的麥草上，想來都覺是一種使人臉紅的罪過。

即算真的是一種罪過呢，小癩痢也擋不住讓自己不想；假加強制著自己不去想女人的話，夜就顯得更冷，更黑，更長，心裏就會空的慌，潮的慌。是貓是狗還有得配的呢，何況我小癩痢只是窮苦些，頂上缺少幾根毛？老婆沒娶得著，摟著狗做做夢，也不能算是不正經罷？

正因爲把娘叮囑過的事情看得太正經，才不能不認真去想的，越是正正經經的想著這宗事，越覺得它有點兒像抬頭看星星一樣，瞧著摘不著。

矮屋裏多了個老婆會怎樣？……他得去林裏撿枯枝，掃落葉，去冰窟窿裏摸魚，讓她燒火去煮，紅紅的灶火在她額上閃跳著，一忽兒暗，一忽兒亮，一忽兒紅，一忽兒黃，使她額前的一綹散髮，絲絲都裹著銀光；她豐潤的兩頰染著灶火亮，不知該紅成什麼樣？像柿子？還是像紅果？……他得更加辛苦的擔水，或是做些短工雜活，積賺得更多的錢來，舖張像樣兒的床，哪怕是用高粱桿疊成的也好，總得有床被子，有對枕頭，深藍大布印著白色竹葉花的棉被，蓋起來一定又輕又軟，渾身像裹著一團雲。枕頭買白布就好，讓她也用白白嫩嫩的巧手，繡些五顏六色的花朵，枕著它過夜晚，這矮茅屋該不會再是深深黑黑的地穴，他枕著的該不是花朵，而是一場五顏六色的夢……那時刻，小禿子和郭丁香的傳說，可不又在甘家河的矮茅屋裏重寫了麼？

可惜總在這種節骨眼兒上，好夢就斷了。水潑在冰面上，立時結成了冰；或是把敲梆子的梆鎚丟落到腳下去，伸手去撿拾，一抓一把雪渣兒；再不然，胸口毛茸茸的像受了魘，一摸，原來是摟著的老狗睡得沉鼾了，只管把牠怕凍的鼻尖朝人懷裏插。

嗨！雪大北風尖，光棍怕寒天，一點兒也不假。

小癩痢怕的不是身上的寒冷，而是大風訊時的那份寂寥，彷彿流不盡的漫漫長夜，以及常常驚斷人美夢的、三番五次的雞啼。

逗上落雪天，白天和黑夜弄混沌了，一體幽幽的銀白色，在低低的彤雲下面展佈著，朝遠去，雲和雪混融在一起，彷彿沒有邊際。雪花落落停停的不開天，凝結的雪花抱住了棵棵彎曲的樹木，千萬條精白光禿的枝枒上，掛著噓溜溜的風哨子，那聲音又寂寞，又淒慘。

白天也很少見著人的影子，莫說敲梆子巡更的夜晚了。曠野是那樣的荒涼神秘，篤、篤的梆子聲剛一敲迸出來，立即就被尖著嘴的風給吹走了，不知會在什麼地方，撞回來一些空幻的迴音。

那似乎是一種人生渺茫命運的暗示，也很神秘，很難懂得。小癩痢從沒想過這樣遙遠，即使是步步泥濘呢，他也像一頭壯實的耕牛一樣，把寂寞苦寒的軛架套在頸子上，固執的朝前跋涉過去。

有個巡更的叫做吳二鬼，心靈嘴巧，常愛施促狹，講些嘻嘻哈哈的笑話，他問小癩痢說：

「嗳，我說癩痢，你成天悶聲不響的，更房也不坐，錢也不賭，你那心眼兒裏全都想些啥呀？」

「沒……沒……啥，二哥。」小癩痢是扯不慣謊的人，誰一逼他扯謊，他的臉就紅了。

「其實，你就是不講，我也明白。」二鬼說：「人都叫你小癩痢，你實在並不小啦，成天哼哈的擔水，想積錢娶個洗衣燒飯的小娘們兒，可不是？」

「你怎會曉得？」

「嘿嘿，」二鬼笑著說：「我會算命！」

吳二鬼只是這麼開開玩笑，憨直的癩痢竟把它當成真的，搖著二鬼的膀子，追問說：「我怎麼不知道你會算命？你是什麼時刻學會算命來的?!」

「你相信嗎？」二鬼說：「人的婚姻是命中註定了的，據說三生石上，早就刻定了名字，假如你命裏該有個老婆，那你就不必苦苦的想她，求她，到時候，她自會投懷送抱上你的門，要是不該有老婆，你就是苦想苦求也沒有用，到頭來，還是一條老光棍，跟我一樣。」

「我不相信。」癩痢搖著頭說。

「你不信，信的人可多著咧！」二鬼說：「我說，癩痢，我勸你趁早甭再想糊塗心事了——你天生是做和尚的命，換上和尚衣，省去剃頭錢。」

「癩痢要想討老婆，我可以教你一個法子！」另一個巡更的徐小鎖兒說：「你可以在半夜三更，鑿冰窟窿的時候，跳進去撈！」

一夥更夫們聽了，都吱著大牙鬨笑起來。

過後他們沒忘記這回事，每碰著小癩痢，就會扯著他追問，問他跳進冰窟窿裏去撈過沒有？爲了這種嘲弄，小癩痢深深的苦惱著，連著好幾天，擔水巡更都很難打得起精神。

其實，冰窟窿裏撈人，在甘家河上卻是司空見慣的事情，並非全出於那夥更夫們的空想；被厚厚冰殼封實了的甘家河河面，又寬闊又平坦，人走在上面，要比走在土路上方便，所以，南來北往的過路人，無論是推車的，挑擔的，騎牲口或是撐著冰橇的，都願走河面的冰殼上過；逗上大風雪的天，雪花迷人兩眼，常有人不小心掉進那些冰窟窿裏去，呼喊著求救。

旁人拿這事來嘲弄小癩痢，他心裏卻有些不是滋味；……從冰窟窿裏撈個老婆上來？只有徐小鎖兒那種瀆心鬼才能想得出來！也不想想那些失足掉進冰窟窿裏的人，掉下去是怎樣的滋味，撈上來又是什麼個樣兒？自己一想著那種情形就渾身發軟了，哪還有心腸做那美夢？

若叫河面上不開鑿冰窟窿，那可是不成的，非但擔水、用水不方便，連濱河一帶捕魚人的生活都沒法子解決了。旁人開鑿冰窟窿害了人還罷，假如我小癩痢開鑿的冰窟窿掉下人去，那可是一輩子不能安心的罪過！……大凡從冰窟窿裏打撈起來的人，救護不得法的話，十有八九都很難活得轉來的。

我是上了徐小鎖兒的當了！小癩痢下了更，獨自躺在他的矮茅屋裏想道：今晚上真有些邪氣，爲什麼旁的事情不想，單單苦想著冰窟窿呢？人，不怕身上寒，單怕心裏冷，一想到冰窟窿，人也就像一頭栽進冰窟窿裏去一樣，在無邊無際的冷和黑裏泅泳。

他亟力的推開有關冰窟窿的種種思緒，把自己推到原先的雲上夢上，……開河之後，河岸邊茁起一片初初萌芽的嫩草，姑娘們換上了春天的衫褂，正像是一些剛從蛹殼裏飛出來的蝴蝶……

忘記是幾年前了？石榴花盛開著，擔水走到後甘家村的村頭上，遇上個揹著花布包袱的過路的姑娘，坐在麥場一角的石榴樹下歇腳；花枝斜橫過她的頭頂，幾朵艷艷的榴花的小火燒在她的鬢髮上，她白裏透紅的兩頰，塗染著一份欲流欲滴的明霞，那一幅活動的畫圖，老是黏在人的心上，不知多少回，從黑夜裏像幻花似的展放出來，總是那樣鮮明，那樣多采，彷彿是一張新貼在牆壁上的年畫，有著令人不敢逼視的光熠。

「請問你，小哥，葛家老莊離腳下還有多遠？」

「廿五里。」自己當時有些飄飄的，竟不知肩膀上還壓著一根扁擔，扁擔兩頭還繫著兩隻水桶了，小哥，小哥，好脆霍的嗓子，好甜蜜的稱呼！一聲叫喚得人渾身酥麻，頭皮發癢，好像若不多指點她幾句話，這一輩子都要負疚似的：

「妳是說河東彎兒上的葛家老莊？怎會走到這兒來？妳走岔啦！……妳得順著柳樹行子

朝北走，打三里渡那兒搭渡船過河，過了河，朝左彎，遇上破瓦缸做的土地廟，再朝右彎，翻過一道岡陵，就望得見葛家瓦房高屋基上的那棵白果樹了！」

事後自己也覺得這樣指路太囉唆，當時卻一點沒覺著，只覺得她漾著微笑的黑眼像兩塊黑磁石，把人吸著，吊著，身不由主的跟著她打轉，甚至於，沉重的扁擔嵌進肩肉裏也不覺得疼。

「好艷的石榴花！」她拎著小包袱站起身，走過那排石榴樹的樹行子，她流動的黑眼瞳被千點萬點的小紅火燒得亮亮晶晶的。

「帶幾枝回去插罷。」

話是自己說的話，聲音卻不像是自己的聲音了。沒等著她表示什麼，就伸出手去，揀那低矮的斜枝，榴花開得又多又艷的，胡亂折了幾枝，朝她手上塞。還有些亂亂的言語鬱在心底下，沒好說出來，總覺得這幾枝榴花若是單插在瓶裏，還夠稱得上明艷，若是插在她的鬢髮上，跟她的白臉比映起來，人艷就壓倒了花嬌啦！……該說是：好艷的人，點亮了這一排石榴花！

「多謝你吶，小哥！」她說著話，便抱著那幾枝石榴花，款款的去遠了；自己呆呆的擔著水桶，轉臉目送著她的背影被遮進河岸邊的行柳，一陣風來，千萬綠色的長條牽牽結結的，撩起一片煙愁……。

雲來了，夢來了，但小癩痢仍然醒著，並沒有踏上那片雲，擁住那場夢，這裏是甘家河岸的草棚，如今是最最酷寒的夜晚，儘管尖寒的夜風在矮簷間重複的敘述著那個遼遠的故事，小癩痢卻明白，自己不是具有豔福的張小禿兒，那過路的姑娘更不是郭丁香。那種天上雲上的故事，是不會在這片苦寒的地上重演的。他不知道那過路的姑娘姓什麼？叫什麼？是葛家老莊的什麼人？或是跟葛家沾些什麼親？她爲他留下的，只是那樣一幅多彩的、活動的圖畫，並容他在那幅畫裏活過那麼一剎。

柴門外邊，又響起了窸窣的微音，約莫是在落雪了，自己懷裏摟著的老狗，正睡得沉鼾，鼻孔裏噴出的熱氣，把人胸脯弄得溫溫濕濕的，人跟狗摟著，在草窩裏取暖過夜，這才是真實的，雲太高，夢太遠，貪那一剎雲裏夢裏的歡快，醒來後，更覺得黑夜漫長了。

不對呀！癩痢，冰窟窿上面，又已結上了一層薄薄的冰渣兒啦，雪花積在薄冰上，粗看一片白，要是不做點兒標記在上面，那不成了坑害行人的陷阱了嗎？

電光石火似的想法，突然在癩痢的腦子裏旋轉起來，使他不能安心。

這時候，那條老狗彷彿聽到了什麼動靜，抬頭吠叫起來。老狗雖老，耳目仍很靈敏，牠一向很少空吠，在這夜深時分吠叫，想必有夜行的人經過河面了。

小癩痢撫摸黃老狗的後頸，使牠安靜下來，他側著耳朵仔細諦聽，隔了一會兒，突然聽見清脆的冰橇滑動聲，打遠遠的地方一路響了過來。

吉碌，吉碌……吉碌碌碌……

吉碌，吉碌……吉碌碌碌……

憑著他的經驗，他很快的判定打甘家河上游滑過來的，是一隻能載得下五六個人的大型冰橇，有好幾支粗重的木桿撐著，在極快的滑行中，不時聽得見木桿搗觸冰面的篤篤聲。

天喲，單望他們不要掉進我那冰窟窿裏去就好了！

吉碌吉碌的聲音一路銳響過來，小癲痢的那顆心，懸懸的猛跳著，他推開老狗，在黑暗裏胡亂的摸索著他的窩鞋。大冷的落雪天，三更半夜的駕著冰橇趕夜路，十有八九是遇上了火急的事情了，萬一掉進冰窟窿裏去，那才叫坑人坑到底呢！他得奪門奔出去，喊叫著告訴他們，要留神避過這段河面上開鑿的那個冰窟窿。

誰知冰橇滑行得比他摸黑的動作更快，他剛剛蹬上第一隻窩鞋，另一隻剛摸在手上，那冰橇業已吉碌吉碌的從這段河面上平安的滑過去了。他這才發現，冰橇的頭上插著兩支紅紅的火把，火把的光亮透過矮屋的柴笆門的縫隙，變成千百道耀眼的紅絲，搖搖曳曳的轉暗下去。

「看，這一路的雪上，都印著她的腳印兒！她逃不了的！」他聽見冰橇上有一個人大聲的說。

另一個人的聲音在冰橇的滑動中就顯得飄遠了一些，他帶著些不屑的意味說：

「哼！這個臭丫頭片子，枉費了一番心機了！——她要逃，也不該揀得個落雪天！咱們順著她的腳印兒找，她就是逃到天邊，也找得到她的……」底下他還在咒罵些什麼，就聽不清楚了。

原來是哪個村子上追捕捲逃的女人的，怨不得把冰橇撐得這樣急?!小癩痢這才緩緩的吁出一口氣，把另一隻窩鞋套上。

我還是在冰窟窿上做上個記號罷，他想：落雪的夜晚，河上還有冰橇來往，有了記號在，他們自會避過，要不然，我也懸著心，睡不實落。

心裏這麼一轉念頭，小癩痢順手在柴笆門背後，拎了鑿冰用的長柄斧頭，拉門出去，奔至一棵光禿的柳樹邊，掄斧劈下一條枒叉，又拖著那枒叉到河面上去，撥開冰雪，把那枒叉豎立在那個冰窟窿旁邊。

風很尖，大片的雪花落得很猛，遠處裹在一片混沌裏，連更房那邊的燈火亮也看不到，但近處有雪光照著，依稀看得見雪地上零落的鞋印子，以及冰橇滑過去的痕跡，冰橇上的人說得不錯，那黑黑的鞋印子很纖巧，一望而知是女鞋踏過時留下的。小癩痢沒有心思去探究這些，外面是這麼冷，彷彿天上和地下都凍在一起了，他只是覺得逃的女人和追捕的人都好險好險，鞋印兒和冰橇的黑痕，都緊捱著那個七八尺方圓，被一層薄薄雪花遮蓋住的冰窟窿，這甭說是在夜晚，就算在白天，不是這一帶的人過路，一時也不易發覺它。

自己這個記號，可算做對了！

他用斧頭劈些碎冰，推積在那支豎立著的枒叉下面，讓它凍住，呵了呵手，撿起斧頭朝回走。忽然他聽見巡更的梆子聲敲打過來，有人扯著嗓門兒問說：

「河面上誰在那兒走動？半夜三更的，想鑽進冰窟窿去洗澡怎麼的？」

「是我。」小癩痢一聽那聲音，就知是徐小鎖兒。

「嘿，是癩痢！」小鎖兒吃吃的笑著說：「你真想打冰窟窿裏撈個女人上來？可惜你的命不好，葛家老莊有個童養媳逃掉了，正打這兒過，但卻沒掉進你開鑿的那個打水的窟窿。要不然，叫你撈上來，真是個好模好樣的媳婦呢！」

「人啦，口舌上要積點兒德，小鎖兒！」小癩痢說：「我就是聽著冰橇兒響，怕有人不小心滑落到冰窟窿裏去，才爬起來砍根枒叉，豎個記號的，……你沒想想，這種寒的天氣，人滑進冰窟窿還會有命嗎？」

徐小鎖兒笑得嗆了風，咳了一陣兒才說：

「原來你是這等的好心腸，那更該得個媳婦了！……也許會有人衝著記號朝下掉的，你等著罷。橫直你是出名的不怕冷，下冰窟窿撈人，全是你的差使，沒人會搶掉你的媳婦兒就是了。」

「少說邪皮話罷。」小癩痢一面朝回走，問那個說：「講正經的，小鎖兒，你怎會知道是葛家老莊的童養媳婦逃掉了的？」

「我剛打南邊走過來，聽冰橇上的一個莊漢說的。」小鎖兒縮著脖頸說：「那莊漢是葛家瓦房的長工。奇怪，你沒聽二鬼講過葛家瓦房的事情？說起來，源源本本的，話可長著咧。」

小癩痢搖搖頭，他從沒聽過一夥人在更房裏聊聒過的事情，他也從來不想聽那些瑣瑣碎碎的事情，但今夜，葛家老莊這四個字，引起他的興致來，幾年之前，石榴花開的季節裏，坐在後甘家村村頭石碾上歇腳的姑娘，可不就是問路去葛家老莊的麼？他剛剛躺在黑屋的草窩裏，還回想起那幅明豔的彩畫，那姑娘的白臉，彎彎的額髮，那些朵朵小紅火似的石榴花……這逃走的童養媳，難道會是自己曾經見過的那位姑娘?!

「到我矮屋去坐坐怎樣？」癩痢說。

「算啦，我怕聞那股狗臊味。」小鎖兒說：「要嘛，就到那邊的更房去，火爐上添幾塊柴火，等我把這事講給你聽。二鬼他們那夥人，全到後甘家村賭錢去了，更房裏冷清清的，正好守著火聊天。」

「好罷。」癩痢說。

兩人轉到更房去，徐小鎖兒抱了捆濕柴來，把火給升旺，小癩痢只是呆呆的在一邊坐著，眼望著跳動的紅火，滿心都是癡迷。不會的，這夤夜私逃的童養媳，決不會是抱著石榴花遠去的那位姑娘……空想這些做什麼呢？張逃也罷，李逃也罷，全是與己無干，剛剛那點兒探究的興致，一轉念間，便散得無蹤無影了。

但徐小鎖兒卻一心的感慨，不管小癩痢願聽不願聽，粗聲的發怨說：

「葛家瓦房這回逃了媳婦，說來也是自討的，二鬼聽人說：瓦房老當家的只生這麼個獨種兒子，一出娘胎就生病，多年沒離過床。……這個小媳婦家住酸棗林，她父母貪著葛家的厚禮，便把女兒送給葛家做養媳。你想想，癩痢，這可不是認著石頭栽花？」

小癩痢用火筷兒戳著旺燃的柴火，一串火星兒魯魯的搖漾著朝上升，他的嘴舌比心更拙，一時想不到該說些什麼。

「咱們力壯筋強的，娶不著老婆。」徐小鎖兒又說：「葛家那個皮包骨頭的病小子，明白的不中用，偏要娶個童養媳回家，不拉屎，硬佔著茅坑！」

「嘿，你的氣性倒大得很！」小癩痢迸出幾句話來：「人家娶童養媳，莫說娶一個，就是娶十個八個，又關咱們屁事，用得著去吃那個飛醋?!」

「誰吃醋來著?!」徐小鎖兒指天劃地的：「俗說：路不平，旁人踩，我只是在說幾句公道話罷了！……聽說這一回，葛家那個寶貝兒子快嚥氣了，逼著那童養媳圓房沖喜，小媳婦是個活生生的女人，除非她真願大睜兩眼跳火坑，要不然，還有不跑的麼？」

「她跑不掉的。」小癩痢有些憂鬱的打了個呵欠說：「雪地上留著她的腳印子，撐冰橇的人看得清清楚楚，順著腳印追下去，還有追不著的？」

「嗨，」徐小鎖兒嗨嘆一聲說：「她要是叫追回去做一輩子寡婦，還不如掉進冰窟窿裏死掉的好。死了死了，一死百了，再怎樣也比兩眼漆黑的挨日子痛快些。」

小癩痢沒再答腔，空氣自然的沉寂下來，徐小鎖兒忽然抬起頭，跟小癩痢說：

「聽見沒有？那隻冰橇又撐回來了！」

「不錯。」小癩痢說。

一種傳自冰面上的音響，清脆而銳厲，吉碌吉碌的由遠而近，向這邊直逼過來。小癩痢正想告訴小鎖兒，幸虧他想到冰窟窿危險，半夜起來做了記號，要不然，真擔心過路的冰橇會出事情……

還沒容他開口，吉碌吉碌的聲音停了，跟著是一陣木柴斷折的響聲和幾聲驚惶的銳叫，緊接著，老狗在河岸邊嗚嗚的狂吠起來。

「出了事情了！」徐小鎖兒白著臉說：「也許是冰橇撞上你剛豎起的枒杈，翻掉了！」

「掌起燈籠看看去！」小癩痢說：「救人要緊。」

儘管風雪迷人兩眼，兩個人仍然拎著燈籠，奔到河面的冰殼上去；冰橇並沒有翻，只是一頭陷進冰窟窿裏，尾部朝天高翹著——這比在冰殼上翻了還要嚴重得多，因為冰橇上的人，一個個全像滾豆似的落進冰窟窿裏去了。

「這些撐冰橇的，也真沒眼！」小癩痢怨說：「我明明豎了記號的。」

「他們撐得太急了，一時控不住。」小鎖兒說：「再說，枒叉上蓋了一層雪粉，白糊糊的，不到切近也看不清楚，……如今該怎麼辦？」

「這麼著，」小癩痢一面豁著衣裳說：「你回更房，拎著壺幫我打壺酒來，順便吆喝些人來幫忙，我這就下去撈人，撈著一個算一個，好歹看他們的造化了！」

「你當真捨命的下水去？冰寒砭骨的，人一下去就會給凍暈，」徐小鎖兒說：「不要等我回來時，連你也凍倒在裏邊，那可就更糟啦。」

「你甭管。」小癩痢已經脫了窩鞋，撲通跳下水去，冒出頭來說：「我還不至於那麼膿包！你快去快回，落水的人一出水，就得抬走，要不，一會兒就硬了！」

徐小鎖兒拎著燈籠，一路飛奔去辦事，一撲進村子，便驚天動地的喊叫起來：「河面上，葛家老莊的冰橇出了事啦！人全翻落到冰窟窿裏去啦！……快去幫忙救人吶！」

人命關天的大事，片刻間驚駭了前後甘家村；早年裏，雖也有人落進冰窟窿，可從沒像這一回，五六個人一起滾落進冰窟窿，轉眼功夫，村上的一群人，拎著燈籠的，揹著長竿長索的，打著火把，抱著被蓋的，齊齊的奔向河岸邊來了。

那兒可不是小癩痢嗎?渾身凍成醬紫色，雙臂抱著胸脯，赤著兩腳，在冰殼上瘋狂的蹦跳，嘴裏發出嘶呵的怪聲;徐小鎖兒急忙遞過酒壺去，他像牛飲水般的喝了半壺，又把賸下的傾潑在身上，猛力揉擦一陣。

有人移轉過燈籠，發現那邊的冰雪上，躺了三個直腿直腳的人，活像長條冰凍的青魚，渾身上下，還黏著冰渣兒和雪粉。

「老天!真虧得小癩痢，換旁人，誰也沒這個能耐，跳進冰窟窿去撈人。」前甘家村拖一把白鬍子的甘老爹說:「你再不穿衣裳，要凍壞了!」

「不。」小癩痢說:「這三個，煩老爹央人先抬到更房去，壓出他們肚裏的積水，試著救一救。冰殼下面還有人，我再下去撈。」

小癩痢一共從那個冰窟窿裏撈上五個人來，其中四個男人，一個年輕輕的姑娘。人們把這五個人扛到更房裏去，手足無措的忙亂著，有些主張用凍僵的方法救他們，有些人卻主張先救溺，甘老爹說:

「癩痢早先在冰窟窿裏救過人的，得找他拿辦法。」

「先把他們頭朝下，腳朝上，壓出肚裏的水。」小癩痢趕過來說:「再撬開他們的牙關，灌進薑湯去，然後，得剝光他們裏外的衣裳，使毛巾拭乾身子，用酒搓擦一遍，把他們包裹在棉被裏，讓他們自己醒。」

一夥人忙了半個更次，遇上了一個難題——落水的那幾個男子漢好辦，唯獨對這個姑娘沒辦法。葛家瓦房是北邊的大戶人家，這姑娘是他們家的養媳，如果按照小癩痢所說的那種辦法，當著人把她裏外衣裳剝得精光再施救的話，那，剝的不再是衣裳，而是葛家的臉面，除非葛家的人親自到場，誰也沒有膽量動手剝她！

「該你想辦法了，癩痢！」徐小鎖兒說：「救人的主意是你出的，動手也該你動手。」

「我看，甭脫她的濕衣了，」甘老爹說：「就這麼替她多裹上一床棉被，也許能救得活的。救人固然要緊，葛家可丟不起這個臉面呀！」

「這不成！老爹。」這回，小癩痢迸起來說了：「救治受凍的人，非得先脫光衣裳不可，要是把濕衣釘在身上，那她決計是活不轉來的。大夥不願脫，我來替她脫，養媳也是一個人，也算一條命，救她的命重過顧全葛家的臉面，可不是?!」

她的性命，算是小癩痢跳進冰窟窿救出來的，如今，小癩痢堅持著救人救到底，大夥兒雖覺按照傳統風俗，有好些地方不妥當，但總覺得放著人不救，理不正，氣不足，只好移過燈籠，放小癩痢過來了。

燈籠光細碎斑斕，旋映在那姑娘的臉上，跨進人叢的小癩痢仔細朝她望一眼，就不由自主的發起愣來。天下竟會有這種巧事兒?這逃亡的葛家養媳，正是幾年前在後甘家莊碾盤上歇腳，向他問路的那位姑娘。人說：被凍暈了的人最好看，這是一點兒也不錯的。這姑娘緊閉著兩眼，彎彎長長的瀏海貼在額頭上，眼睫毛上黏著的碎冰渣兒已化成水粒，彷彿是哭泣時湧出的珠淚，她的臉泛出青白顏色，兩頰間還漾出一縷笑容……。

那彷彿是她接了他擷給她石榴花時，她臉上漾出的笑容一樣。

但他沒有心思再回想那些了。他動手解開她棉衣的鈕子。多少年來，他沒有接觸女人，尤其是這麼一個常留在他夢裏的年輕的姑娘，他的手有些顫索，指尖也有些控不住的痙攣。姑娘身上的濕衣濕褲，被他一層層的剝脫下來，到了還賸一隻紅綾兜肚兒和一條短短的小衣時，甘老爹用吩咐的口吻說：

「好了，癩痢，這已經夠了，千萬不能再脫了！你替她抹乾身子，使酒搓擦了，趕緊把她用棉被包裹起來罷！……我業已著人騎牲口，趕夜去通報葛家了，你在這宗事上，總算盡了力。」

「我說不成呀，老爹。」小癩痢還在固執著：「有一絲濕布紗掛在她身上，她也活不轉來的。」

「那只好聽天由命。」甘老爹冷峻的說：「老古人立的規矩不能壞！若不是爲救她的命，把她脫成這樣，業已太過份了呢！」

莫說是擔水巡更的窮小子小癩痢，在前後甘家村裏，甘老爹說的話，任誰也不敢違拗的；小癩痢沒辦法，只好把那隻兜肚兒和那條小衣留在那姑娘的身上，使毛巾替她的身體抹乾了，噴酒搓擦一番，再取棉被把她包裹起來，跟另外四個人，排放在乾草上面。

「大夥兒沒事，如今都可以回村去了！」甘老爹又招喚說：「癩痢，你今晚上越發辛苦到底，單獨留在這兒招呼著，也許待會兒有人醒過來，總得有人送湯送水什麼的，明早上葛家老莊來人，是死，是活，咱們如數交給他們，那就沒事了。」

人像潮水，說來就來，說去就去了，連巡更的徐小鎖兒也沒留下，偌大的更房裏，只有自己一個人，守著一盞燃在壁洞裏的，昏昏暗暗的小油燈。

小癩痢雙手抱住頭，獨坐在較遠的火盆邊，凝神默想著，愈想愈覺得今夜有些顛顛倒倒的，像是一場糾結不清的亂夢。事實上，這又不是夢，五個裹在棉被裏的人，全是自己打冰窟窿裏拖上來撈上來的，可是做夢也沒料到，其中一個正是自己朝思暮想的姑娘，這姑娘偏偏又是葛家瓦房那個瀕死的小主人的養媳。

他不能不爲這事苦惱著，心裏留下的圖景仍是那樣的鮮明，朵朵活火似的石榴花，正比映出她年輕盛放的春華，她應該那樣笑著，在溫風和豔陽下活著，而她只是一個將死的病人的養媳；他能朦朧的想得出一個做養媳的生活，挨罵受氣，端湯送藥，也許還不及一個嫗婢，要不然，她決不會冒著寒風大雪，在黑夜裏逃離那個地方！……自己這算是救了她呢？還算是害了她呢？

也許只有她才能說得出來了。

雪花還在更房外面旋舞，夜，一更比一更深沉。

他實在怕想到明天，明天，這四個漢子會醒轉來，葛家瓦房也會來人，他們會把這姑娘像罪犯似的押解回去，那時刻，她也許會泣怨著：爲什麼不讓我死?!想到她潮濕的，哀怨的淚眼，想到她陰雲般的絕望的神色，小癩痢的心就有些黏糊糊的，軟得幾乎撐持不住自己沉重的腦袋，這種感覺，是一向沒曾有過的。

忽而他想起這只是今夜，他是在看護著五個溺水受凍的人，他費盡力氣，打冰窟窿裏撈救他們上來，當然巴望他們都能活轉過來。

他抬頭望望那五個裹在棉被裏的人，他們僵直的挺臥在五條長長的被筒子裏面，像是五捆高粱桿子，昏昏暗暗的燈火，描出他們青白的臉額來。

雞在遠遠的地方啼唱著。

他有些焦急，但他還得耐心的等待著，依照古老的說法，摻和了他自己的經驗，但凡是受凍受溺的人，經過這樣救治之後，兩個時辰之內，他們的臉色要是轉得紅潤，有了血色，那麼他們就有救了，假如臉色不轉變，還是這麼青白冷硬的話，那就是凶多吉少……

他把壁洞裏的油燈剔亮些，掌著燈移近那些人臉，一個個仔細的察看著。最邊上，一個留山羊鬍子的小老頭兒嘴在動，另一個黑臉漢子的臉色正在逐漸的轉紅，另外兩個變化得略慢一些，只有那個姑娘的臉，仍然蒼白蒼白的，不見一絲半點的暈紅！

明知即使救活她，也是讓她回到葛家瓦房去受苦，此時此刻，眼見她就要這樣的死去，小癩痢說什麼也於心不忍。

是了！……他自己心裏嘀咕著：全是那隻濕兜肚兒和小衣沒脫掉的關係，若不把它們剝脫掉，她這條命是沒法子救得了的。

想雖這樣想著，人卻呆呆的沒動彈，他立刻又想起白鬍子甘老爹吩咐他的話來：「老古人立的規矩不能壞，若不是爲救她的命，把她脫成這樣，業已太過份了呢！」……他完全弄不清，有什麼樣的老古人立了這種規矩，把一個明明能救活的人放在這兒耽誤著，而那看不見的老古人，看不見的規矩，經由拖白鬍子的嘴裏吐出來，竟會像千百道麻索似的，把人的手腳緊緊的捆束著。

小癩痢這樣呆了一忽兒，突然又想道：如今正是夜晚，外頭飛著大雪，一時決不會有人來了，要不趁這個機會動手救她，等到天亮，她準變成一具僵冷的屍首，永遠活不轉來了！

他打了一個沉沉的呵欠，覺得眼皮很澀重，須得費力才抬得起來。雖說很疲倦了，腦子裏的游離的念頭，卻仍像風裏張掛著的斷網上的游絲，飄來盪去的，在這宗事上纏繞著。

終於，他樸拙的腦子裏，也想起兩句老古人說的話來，記得那是娘生前愛說的：「爲人只要存心正，半夜敲門不吃驚。」我小癩痢怎能眼睜睜的看著這姑娘就這麼變僵變冷呢？真是的，只要我不想胡塗心事，凡事爲救人著想，什麼事做不得?!

「天靈靈，地靈靈，舉頭三尺有神靈！」小癩痢啪的一聲跪下來，誠心朝空裏禱告說：「我小癩痢睏睏盹盹的，一心想救這位姑娘，神靈做個見證罷！」

他伸手去掀被角時，就把兩眼緊閉著，完全做到了老古人說的那種「非禮勿視」，他的手指觸著了那姑娘的身體，光滑、冷硬，顯然沒有收效；他一時摸不清怎樣解開那幅兜肚兒，情急中，便用力扯斷了兜肚兒的帶子，把兜肚兒取出來，扔到一邊的麥草上，然後……

那姑娘的身體，如今算是上下精赤著了！小癩痢又想起來：受凍僵冷的人，耽誤時辰過久，得要用生人的熱氣焐著，焐夠一個時辰，才有復甦的機會。好在自己心無二念，舉頭三尺，那些神靈都在見證著呢，濕衣既能脫得，莫若自己也把破襖豁掉，鑽進被筒去焐她一焐，算是救人救到底罷！

雲來了，夢來了，小癩痢只是緊緊的閉著兩眼，覺得他抱著的不是精赤著的女人，而是甘家河上的一塊冰凍，他就那樣迷迷糊糊的睡著了。

「好哇癩痢！你救人是這樣救的?!」

隨著巨雷似的吼聲而來的，是猛力的一腳，正蹬蹴在小癩痢的腰桿上。他睜眼一瞧，天，不知在什麼時刻已經亮了，白鬍子的甘老爹，領著一大群圍在他躺著的草舖四周，每個人的眼光裏都露出輕蔑、訝異、駭怪和憤怒的神情，甘老爹蠟黃著臉，手捏著的煙桿抖抖的，花白鬍梢兒也抖抖的。

「我真沒想到你會這樣……」甘老爹氣得幾乎說不出話來，罵了一句：「你！你的畜牲！」

吳二鬼不知在哪兒賭了一夜，眼圈發黑，眼泡浮腫，但眼睛卻夠尖的，擠過來，揑起那幅兜肚兒和那件小衣說：

「連褲子也脫了，敢情早砸了鍋啦！我早知道禿子的淫心大，平常故意裝老實罷了！」

小癩痢的眼光移到那邊，昨夜落水的那四個男人全醒過來了，自己懷裏的這位姑娘仍在睡著，她的身子變得溫暖柔滑，一縷紅潮正從她兩頰間緩緩的上升，擴散，他臨著這樣的處境，心裏慌慌亂亂的，也說不出是恐懼，還是安慰。

「當著這許多人，你還有臉死賴在熱被窩裏？」甘老爹用煙桿指著他的鼻子罵：「想想你做出的好事罷！……葛家老爹來了，這…這怎麼交代法兒？快滾出來說話呀！你！」

「您叫他怎麼出得來？」二鬼一腳挑起小癩痢穿的破襖和那條打補釘的褲子，嘲笑說：「他也是一絲不掛，光著屁股呢！」

「天知地知！」小癩痢一急，放聲叫說：「我的心是平擺在正當中的！我若不這麼焐著她，只怕她早已死掉了！……你們瞧，她不是活轉了嗎？」

這時候，葛家瓦房來的那個老頭兒開口了，他扯著甘老爹問說：

「您說這五個人，全是這癩痢跳進冰窟窿救出來的？可不是？」

「不錯。」甘老爹說：「可是這畜牲……」

「您甭再說了。」葛老頭兒嘆了一口氣說：「事情弄成這樣，誰也料不到的?!不論這癩痢心正也好，心邪也好，他能救活五條命，也算功過兩抵了！只是我這個童養媳，光著身子跟他在一個被筒裏過了一夜，怎樣也洗刷不清，癩痢他沒老婆，這丫頭也不願待在我家，人，我是不願再要了，我這就退婚，讓她跟癩痢過日子算了！」

甭說旁人想不到，連癩痢自己也沒想到，那姑娘醒來後，竟然點頭肯跟小癩痢過日子。後來，她跟甘家村的姑娘們說，表白癩痢是個真君子。但沒人敢相信她說的話，尤其是甘老爹，一見著癩痢就翹鬍子。

他堅持說癩痢和那養媳同蓋過的棉被是骯髒的，這使得癩痢白撿得一床被子，他就在那床被子裏跟她成婚，二年生出一個胖兒子。

很多年後，甘家河一帶地方，盛傳著這個真實的故事，人們說：神仙的故事，人一樣寫得出來，單看如今世上的人，有沒有像小癩痢那樣的心？有一支謠歌，這樣的唱著：

世上事，真真巧，

癩痢娶了癩痢嫂，

48 冰窟窿

幾枝榴花先下聘，
冰窟窿，當月老！
我想，這怕已是絕響了……。

無心與有意

葉小騷是駐紮在鎮上的僞軍分隊長，人長得白白淨淨的，笑起來兩眼瞇瞇，略帶點淫邪的意味。那年頭，腰眼捌根炮子盒，到哪兒還有些槍手跟隨著，不管他攻沒攻過書，進沒進過塾，也搖頭晃腦，自以爲他是個人物了。不過，鎮上僞軍駐了一個大隊，他這個分隊長即使算個人物，也是小號的，大魚大肉還輪不著他吃，只能略沾點兒碗邊上的小油水。

小騷這個諢名，就是街坊上人替他取的，即使衝著他的面，也小騷長小騷短的。葉小騷絲毫不以爲意，反而得意洋洋的，認爲騷狂點兒是很體面的。

「它箇老媽媽的，男人不騷還算是男人嗎？騷大發了，會惹禍，我它媽媽小騷，是恰到好處哩！」

小騷還不到三十歲，眼角魚尾紋動把抓，有人說他日後老婆很多，小騷一聽就樂得呵呵的。

「多是多，都它媽媽的是些露水緣，上去下來兩不相干，像饞貓吃了摻拌的魚骨粉，略沾些腥味罷了。」

其實發騷賣狂的，不止是葉小騷一個，他們那夥子全是一窩鬼，成天搖著膀子打浪蕩，茶樓、酒館、賭場、大煙館、土娼窯，凡是有熱鬧的落頭，他們就像蒼蠅般的飛飛落落，講笑話專講葷的，談事情全談黃的，彷彿在他們腰脅之間，有一把猛火在搧騰，頂得他們舌尖冒泡。葉小騷尤其如此，好像不談那些就沒有日子過了。

這家的閨女怎麼樣，那家的小寡婦又如何，是他們經常的話題，不管是半老的徐娘，或是白嫩的小嫂子，都會使他們色眼發亮，嚥唾沫嚥得喉管直跳，看進去像吃進肚裏去一樣。

為了討好娘們，葉小騷一向很往意穿著打扮，腕上戴著不知打哪兒掠來的西洋手錶，指上套著黃澄澄的金箍子，腳上穿的是加了繡花襪底的洋襪兒，襪口加上彩色吊帶，一派土氣的風流味兒。

街坊上的大戶人家嘴裏不說，心裏根本沒把這些亂世的小人王當成人看，仍把他們看得比青皮二流子更低一等，背後直稱為漢奸狗腿子。

葉小騷倒也有自知之明，騷是騷得慌，自卑感仍然存在著，使他不敢過分猖狂，因此，他所沾惹的，多半是孤門小戶的寡婦，走江湖唱小曲的女子，再就是本身也很賣騷的貨色，只有這樣，他才覺得渾身自在。

「小騷自命他是風流派，其實就是下流無恥，」鎮上的老紳士徐老先生說：「總有一天，他會吃苦頭的。」

有人把話傳到小騷的耳朵裏，小騷並不生氣，反嘲謔說：

「徐老頭是根朽木頭了，成天孔呀孟呀的，擺那副道學面孔，我跟他本來就不一樣嘛！我它媽媽是屬貓的，天生就愛沾葷腥，我又沒沾他的孫女兒，他管得那麼多?!」

說是這麼說，但小騷怕徐老先生像老鼠怕貓，一聽見徐老先生響亮的嗓音，就拔腿開溜，躲得遠遠的，從不敢和對方打照面。

蘇家驢店的小寡婦蘇二娘，和葉小騷有一腿，連軋姘都談不上，因爲蘇二娘同時和周隊長、丁隊長都很要好，小騷只是抽空子插上一腳而已。不過，小騷對這事頗爲得意，開口閉口就是那個雌貨如何，表示他並非乾打秋風，也有雌貨對他很體貼，他會脫掉鞋，蹺起襪底，指著襪底上繡的雙飛蝶，說是蘇二娘特意爲他繡的。

「那個母的才聰明呢，她對周和丁兩個，只是表面上敷衍，其實，她那顆心，嘿，全牢牢繫在我葉某的身上，沒有話說的。」

「她既全心全意對你好，你爲什麼不娶了她呢？」有人說。

「這你就不懂了，」葉小騷抖著腿，笑露出他的包金門牙來：「露水情最有味道，我年輕輕的，可不願拴在雌貨的褲腰上，男人是茶壺，女人是茶杯，一只壺單配一只杯，多彆扭，你說。」

不過，蘇二娘可不是小騷形容的那號小茶杯，她是一口圍了一圈兒等著汲水的茶壺的水缸，當她聽說葉小騷在人前拿她當成話題的時候，她便乾脆來個一腳踢，把小騷給踢出來了。

「他以爲他是宜興的紫沙壺，是個值價的寶物呀？」蘇二娘對人說：「他那種破壺，走路都能踢得著，還好意思臭美。」

小騷對蘇二娘的誹謗絲毫不以爲意，他認爲不管是什麼樣的壺，只要有壺在，自不愁配不到一些茶杯。他自己表示，他對北街饅頭店李老喜家的姑娘頗有意思，無時無刻不想上她一上，可惜那妞兒整天低眉垂眼的，既不解情，又不會意，像個木雕的大美人。真它媽媽的，小騷每說到這個，就抓耳搔腮的猴急起來。

「一杓漿水把你頂成這樣，小騷，」他的死黨馬連附說：「你它娘真是屬公雞的，歪著脖子抖翅，活現形！先到後街去，找個半開門的貨，出溜出溜就沒事了。」

「算了罷，馬面，小騷要跟你一樣，他就不叫小騷了，」諢號大吹的周隊長說：「你它娘是屬泥鰍的——無孔不入的亂抖和，瞧你那一臉的虛汗，自顧都不暇了，還推著水龍救別人的火麼？」

他這一說，一夥子魚鼈蝦蟹都哄笑起來了。

「開門見山的交易，實在沒味道，」小騷湊合說：「吊得人心裏癢癢的，才夠味兒啊！」

葉小騷心裏發癢，全街坊的人都知道，因爲他當著別人的面講到李老喜的時候，他都半真半假的說：

「我家那個老丈人。」

不過，李老喜家那個叫大妞的閨女，誰想吊上她都摸不著門，她是一直悶到底，不理不睬，連抬眼看人一眼也非常吝嗇，小騷在她面前晃來晃去，她彷彿根本沒看見。俗說：三個不開口，神仙難下手，何況小騷那點道行，還比不得神仙腳後跟的一塊皮呢。

她有她的悶功，葉小騷有他的纏勁，說來只怪李老喜那個行當不好，他開的是饅頭店兼小飯館，拒絕不了客人的，只要李老喜清早一開店門，小騷就坐到店裏來了。

「這裏算是我的分隊部，媽媽的，」他笑吟吟的，端著茶壺抖著腿：「我的兄弟們，都端了長凳坐在街廊下面，巡街、集合，都方便得很。」

僞軍那個大隊，說穿了，是由很多股頭拼湊起來的，領得番號的掛名爲大隊長，用坐地分贓的方式賣番號，帶三二十支槍來的，就是中隊長，帶十多支槍來的，就是分隊長，實際上都是土匪混混，誰也管不著誰。

小騷手下有十來支槍，二十多個人頭，分到北街的一段作爲他的地盤，他可以挨戶收取保護捐和維持費，逢集的當口，地攤的流動捐也有一筆可觀的數目，除此之外，像賭場、娼戶，他有特別的外撈，要是街上有人被土匪綁了票，拜託他設法，他一樣不費一槍一彈，可以把人弄回來，贖金是由被綁的人家付的，他少不得另拿一點說情的費用。

這樣的隊伍，根本沒有三操兩點那一套，他分隊上的槍手們，成天也只是坐在街廊下喝茶聊天，哼哼小曲兒，逗逗小娘們，或是揹上槍藉巡查爲名，溜進賭場賭上了。小騷人在哪兒，哪兒就是他的分隊部，門口還放個崗，——通常都是把槍橫在腿上，人坐在板凳上，應該叫坐崗，不是站崗。

小騷把李老喜的舖子當成分隊部，倒是挺方便，但對李老喜做生意就挺不方便了。一般人對這夥漢奸狗腿子，都懷著說不出的憎嫌厭惡，能不靠近就不靠近，能不搭理就不搭理，誰願意和他們坐在同一個舖子裏，聽他們亂開黃腔，看他們那副嘴臉？

李老喜是極爲和氣老實的人，他明知葉小騷上門打的是什麼歪主意，但總極力隱忍著，不願在一開始就撕破了臉，他是孤門小戶，得罪不起這夥子亂世人王。等到葉小騷成天盤據在他店舖裏不去，兩隻色眼像抹骨牌似的盯著大妞兒抹來抹去，李老喜心裏那股火，就鬱鬱的騰揚起來了。

「我說葉大爺，這一向多承您照顧店裏的生意，但小店還有許多街坊的主顧，和四鄰八鎮的客人，我這和您情商情商，不要在門口站崗好不好？橫著槍攔門坐，叫旁的客人怎好進門呢？」

「您是說我放崗放得不妥當？」小騷抖著兩腿說：「只要您開口，我這就吩咐立刻撤崗。您瞧，我葉某人可不是不通氣的，嘿嘿，我是有求必應啦！」

小騷厲害就厲害在這裏，他凡事都笑著臉，吊兒郎噹不當事，說撤就把崗給撤了，人呢，卻賴在店裏不走，一天三餐都在店裏吃，每餐也都照樣付錢。他對大妞兒，有時也拿話吊上一兩句，對方不理睬他，他也沒怎麼樣。這麼一來，弄得李老喜不知怎麼應對才好，除非自己不開這個店，否則，葉小騷總是個長期主顧，他沒有白吃，又能拿他怎樣呢？李老喜為這事煩惱著，幾乎把頭髮都愁白了。

過不久，有人替小騷敲邊鼓，企圖說動李老喜把大妞兒嫁給小騷。這些人包括劉媒婆、賭局郎中包禿子等類的，他們搬出女大不中留啦，女婿是半子啦，一套又一套的理由，更企圖用利字來打動李老喜，說是小騷積有好幾根大條子，夠買頃把地，蓋個三合院的，他若和大妞兒成婚，兩家合一家，你李老喜豈不就是現成的享福的老丈人？

李老喜心裏惱恨，原想破口大罵「我家閨女絕不嫁漢奸的」，但話到嘴邊勒住了，只是搖頭表示不肯。

「葉小騷究竟哪裏不好，講個道理嘛。」

李老喜被逼不過，只好說：

「他是沒根的浮萍草，東飄西盪的，脊梁朝天吃鬼子的飯，後來準沒好收場，我不能不為閨女一輩子著想。放開這些都不論了，單就做丈夫來講，他諢號小騷，三天兩日的賣騷狂，不論誰嫁給他，都算倒了血霉！」

那邊敲邊鼓的怎樣去轉話，李老喜不知道，但他和閨女私下合計，認定小騷存心不良已經是擺明的了，目前他擺出的笑臉是不可信的，這些傢伙一個個臉上都長著狗毛，翻臉就咬人的，三十六計，走爲上計，丟掉一爿店鋪不算什麼，總比人落在他手上好。

一個夏天的夜晚，鎭上演野台子戲，閨女藉看戲爲名溜掉了，李老喜說是要找失蹤的閨女，也一去不回了。

李老喜逃之夭夭這一手，可是葉小騷萬萬沒料到的，他總以爲李老喜平時賣饅頭，連一文小錢都斤斤計較，他怎捨得把房子和生財設備都拋掉，帶著他閨女逃走呢？無論如何，李老喜和大妞兒逃掉，使他這許多日子所花的工夫全白費了，自己懊惱不說，還要被同黨的拿當笑話講。

「我說小騷，你這回錯得離譜啦！」周大吹說：「俗說：閨女犯猛，寡婦犯哄，你是反著來的，結果連邊全沒沾著，白費了時間和心血，太划不來啦！」

「嘿，沒想到李老喜竟敢整我的冤枉，」葉小騷恨恨的說：「我相信他跑不遠的，他以爲躲到鄉下去，我就找不到他，有一天叫我找到了，我會砸爛他的鍋底！」

葉小騷真的當眾發狠了，但街坊人心裏有數，四鄉的地方大得很，憑他還沒有那麼大的能耐，僞軍只是躲在鬼子翅膀底下神氣，像葉小騷帶的那點槍枝人頭，甭說下鄉，一離開鎭上，他就泥菩薩過河——自身難保啦。

「那個死不要臉的色狼，竟然還要假面皮，」有人在背後議論說：「他發狠也是發空狠，惱羞成怒而已，一旦遇上別的女人，恐怕立刻就把大妞兒忘啦。我不信他會爲一個妞兒，敢把隊伍拉下鄉去，不用說遇上游擊隊了，那些耕田漢子，一人一扁條也能把他們打成肉餅。」

大夥估量得一點不錯，葉小騷嘴上發恨聲，好像要把李老喜父女攫著了一口吞掉，但他根本沒敢把他的雜湊班的隊伍拉到鎭外去。

過不了幾天，鎭上又來了一個母女檔唱小調兒的，做母親的不過三十出頭，長得白淨俐落，腦後梳個洋氣的S髻，眉梢眼角流露出萬種風情，說話時，尾音帶有柔軟的吳韻，更顯出她嫵媚的氣質來，有人猜想，她從前可能是蘇幫的名妓，因爲戰亂流離，不得已才出來賣唱的。

她女兒年可十五六歲，瓜子臉，俏下巴，一張白裏透紅、紅裏透白的臉蛋，配上一隻單酒漩兒，笑起來彷彿溢出醉人的酒，小騷一見她們，立即就目瞪口呆，靈魂出竅了。

「這兩隻尤物，能沾沾真是福份啊！」葉小騷的騷勁又被引上來了。

「我說，小騷，你用用大腦好罷？」馬面在提醒他說：「這母女倆長得這般美艷，她們敢在各城各鎭走動到如今，沒損傷毫髮，看來頗不簡單，要是沒有兩把刷子，唉唉，恐怕連肉帶湯早都被人端了去，不會在這兒亮相了，你想沾她們，得提防挨刺！」

馬面說的全是經驗之談，但小騷騷得渾身冒火，哪還在乎馬面澆他那幾滴冷水？黃昏時分，母女倆架起琴來，在北街的街廊下面唱起曲兒來，做母親的落落大方，先說了一段和一般賣藝人不同的開場白，她說：

「諸位鄉親爺們，如今是天翻地覆的大亂世，我這三綹梳頭，兩截穿衣的婦道人家，帶著小女拋頭露面，流落賣唱，自也稱不得奇怪了。說是訴苦抱怨，家家都有本苦經，誰來聽妳的？我們母女唱曲兒維生，只在使鄉親爺們高高興，即比是黃連樹下唱曲——苦中尋樂也是好的。曲子有苦有樂，有葷有素，每支曲兒都有價位，列在本兒上，只要鄉親爺們出錢點曲，我們就唱！要苦要樂，悉憑尊意，我說丫頭，我們先選三支免費的小曲兒，吊吊鄉親爺們的胃口罷！」

說著，做母親的操琴，她那嬌小的女兒就曼聲唱了起來。這女孩年紀雖小，但小曲兒唱得真好，音韻十足，像出谷的乳鶯。她唱曲時，一臉無邪的笑意，即使唱的是苦曲兒，沉沉的悲苦之中還帶著些許甜味，使在場的人鼓掌叫絕。

但那些僞軍聽曲兒，多半是醉翁之意，管它什麼悲什麼苦的，他們只是花錢找樂子，既花了錢，就要點黃的，聽葷的，一面用色眼看唱的，一面心猿意馬朝邪處想，直要聽得心癢難抓，兩脅搧火才大呼過癮。

這一回，酒糟鼻子的劉隊附點了一首極爲誨淫的新曲兒：「王大娘問話」，曲意是一個鄉間少女，在夏日田間，被下鄉的僞軍強暴，哭訴被害情狀者。作那曲子的人，偏將人間慘事導入邪淫，尤對其間經過大肆誇張渲染，王大娘和少女一唱一答，邊唱邊演戲，曲兒還沒唱完，那些色狼們已經把巴掌拍紅了。

「嗳，騷公，小葉，該輪到你掏口袋了啊！」有人推了葉小騷一把：「不花錢過乾癮，有損你這分隊長的顏面，你點一支，咱們等著聽呢！」

「我點就點最貴的，全段十八摸，」小騷笑得金牙畢露說：「唱不到底不給錢！」

有些唱曲兒的小妞，唱這支曲子，起先都還煞有介事的唱，往往唱到下面，兩頰飛紅，變得吞吞吐吐，嬌羞不勝了，再唱到節骨眼兒上，便低著頭，弄著衣角，再也唱不出口了，即使被逼得唱到底，也眉不開眼不笑的，失去那種情韻。這回小騷有言在先，算是將了這母女一軍，無怪一些色瞇瞇的傢伙都狂喊怪叫的起哄了。

「諸位爺們不用擔心，」做母親的說：「我這寶貝女兒人小膽大，還不十分解情，無拘什麼樣的曲子，她都敢唱的，我擔保在先，就請這位官長解囊罷！唱不到底，我如數退錢！」

小騷遇上這麼開通的江湖娘子，只好乖乖的數出銀洋來了。不過，等那小妞兒一開口，他就覺這筆錢沒有白花，那女孩是真的不解事呢，還是天生膽子大呢？竟然邊唱邊做，把那色瞇瞇的漢子當成女的，東搓西揉，揉得他們東倒西歪，有的笑得眼淚直流，有的笑得捧著肚皮，差點笑斷了腸子，有的趴在地上學驢打滾，有的換不過氣來，幾乎悶死掉，過後仍然直嚷著過癮。

旁人嚷著過癮，只是過過乾癮就算了，葉小騷偏偏想過濕癮，他打聽出這賣唱的母女倆落宿在北街悅來客棧裏，當晚就揣了錢找過去了。

他若是不發騷，根本不會有事，這一騷，可騷出大毛病來了。

事情是在深夜發生的，客棧裏的人突然聽到一聲慘叫，緊跟著，葉小騷用手捂著嘴，奪門朝外奔，他嘴裏的血從指枒間流滴出來，說話也咿咿唔唔的，吐字不清。後來才弄清楚，他闖進賣唱女孩的房間，摟住她強吻，那女孩是驚嚇過度呢，還是心懷怨恨呢，竟然一口把葉小騷的舌尖咬斷了。

葉小騷丟了舌頭，發狠拔槍要斃人，但舌頭痛得他支持不住，哇哇的直嚷，他這麼一嚷，把許多僞軍都引來了，大夥兒一聽說有這種事，都幸災樂禍的大笑不已。有人要小騷先找到被咬斷的那截舌頭，說是可以趁熱黏上，若怕接得不牢固，再去醫院縫幾針，日後好了，一樣可以講話的。

「這虧的是咬上面，吃虧不大，假如換個部份，那可真要斷子絕孫了……。」

「想不到那小妞兒這麼兇，這可不是豬舌牛舌，她竟然下得了口？」

一片哄鬧中，更多人都趕過來了，有人認爲葉小騷動強在先，罪有應得，也有人說那女孩略微狠了一點。

賣唱的母女也被帶出來了，做母親的也一迭聲責罵女兒，不該咬對方的舌頭，就是咬，也只咬破就好，用不著一口咬斷的。

「妳咬下他的那截舌頭呢？快拿給他好接上啊！」做母親的逼問著。

那女孩被逼不過，哇的放聲大哭起來：

「我不知道，……真的不知道，他打我一巴掌，把他的舌尖打滑到我喉嚨裏，我一嚇，就……嚇進去……了！」

「嘿嘿，人舌頭不加作料就生吞活嚥，妳還算天下頭一個呢！」周大吹大笑說。

葉小騷被送進醫院，那些僞軍居然把賣唱的母女放走了，因爲那女孩演出的是一幕笑劇，一樣葷得過癮。

等小騷出院後，少不了又發了一頓大狠，意思是，如果再遇上那個吞掉他舌頭的女孩，一定開槍打爛她的腦袋。不過，他爲表露這點意思，比早時費了十倍的力氣，因爲舌頭少了一截，嗚哩嗚啦說不清楚，得要指手劃腳的表演，人們才能弄得懂他的意思。

因爲發狂丟了舌頭，葉小騷假如能痛定思痛，收去他的騷勁，後面也就沒事了，誰知他舌頭不疼之後，仍然騷狂如故，只是口舌上的快意施不出來，差了幾分情趣罷了。

有一天，有人在他面前提起李老喜家的大妞兒，說是本街糧販子在鄰近趕集時碰到過她，可見她躲在鄉下不遠的地方。

葉小騷一聽大妞兒，心就動了，他到處著人探聽，總算探聽出李老喜在杜家圩落腳，受雇在杜家當長工，不用說，大妞兒跟爹一道，也在杜家幫忙了。

杜家圩在鎮北七里地，路程並不算遠，問題是出在杜家圩是出了名的不好惹，他們設有衛隊，圩垜四面全架有子母砲，後膛洋槍也有六七十桿，甭說自己這個分隊挨不上邊，就算全大隊都開過去，也未必打得開圩子。

嘿，李老喜模樣長得挺老實，誰知他這樣有心機，居然懂得借杜家的勢藏身，今天我葉某人不怎樣你，朝後總會找到機會的，除非你父女倆一直不出杜家圩。

在沒被咬斷舌頭之前，葉小騷只是色瞇瞇的愛騷狂，斷了舌頭之後，他的性情大變，變得兇狠殘忍了，他爲捕捉李老喜和大妞兒，特意差了兩個槍兵，帶了匣槍到鄰近的集鎮上逡巡，交代他們只要一見到李家父女，就把他們押回來。

「它媽媽的，」他吐字不清的說：「我葉小騷是這麼容易騙？騙了我，還敢在我眼睛皮上繞，這回叫我攫著，再不會放過她了。」

葉小騷苦心張網張了一個來月，總算把鄰近集鎮上趕集的大妞兒攫著了，那兩個槍兵押解大妞兒回來時，那個一向溫柔沉靜的閨女，竟然賴在地上不走，披頭散髮的大哭大鬧起來，圍觀的人越聚越多，自然有人挺身出來說話了。

「嗳，你們兩個是哪門哪路的，怎麼當街亮槍，強行擄人啦？」有人喊叫說：「不把話說清楚，休想走得。」

「我們是葉分隊派來的。」

「噢，你們是小騷的人，放開手罷，這兒可不是你們的地盤，小騷帶人走，事先也不打聲關照，未免太目中無人啦！」一個當地的僞軍隊長說：「何況這妞兒是杜家圩杜大爺的遠親，你們在這兒擄走她，明明是替我添麻煩嘛，這回我放過你們兩個，下回再遇上，先繳掉你們的械，再舞你們三十扁擔！替我快滾囉。」

兩個槍手一看光景不對，只好把捉到手的大妞兒放了，灰頭土臉的鼠竄回來了。

「葉大爺，你的面子不夠大啊，有人說，你的臉面還抵不上杜家圩的一塊牛屎餅呢，」其中的一個把怎樣遇上大妞兒，怎樣攫住她，怎樣被堵攔的經過，如此這般的講了一遍。

這兩個傢伙沒腦筋，說話不知道修枝剪葉，儘揀些記憶深刻又極不中聽的話來撥弄，話還沒說完呢，葉小騷已經氣得脖子發粗，兩眼暴凸了。

「那個姓朱的龜孫隊長，幹嘛摟杜家的粗腿，管這檔子閒事，」他罵說：「要是他手下來這邊辦事，我一樣的繳械覅人，給他點顏色，媽媽的！」

「你幹嘛爲一個雌貨動那麼大的火？」馬面說：「你要是火氣再大些，豈不要拉槍去攻打杜家圩了麼？」

「我總是在女人的事上吃癟，怎會不動肝火呢？」小騷哇哩哇啦的嚷叫著，聲音越大，吐字越含混，不是常聽他講話的，根本聽不懂他在嚷些什麼。

「你最好暫時把李家大妞兒忘掉，先找旁的女人，結段露水緣，消消火性，」馬面說：「日後要是有機會，再找李家結結老賬，除非他父女遠走高飛，要不然，哪有長遠不碰面的。」

經過馬面這麼一點撥，小騷算是開了竅了，他和大妞兒說情沒情，說愛沒愛的，只是剃頭挑子一頭熱，李老喜帶他閨女逃走，也不算什麼大不了的事，自己動這麼大的肝火沒由來，硬要找原因，不過是內心羞惱而已，人若過分看不開，自找煩惱，多沒意思，天下女人多得很，不及時行樂才真正是傻蛋呢。

小騷在鎮上動念頭找女人，找來找去，找著個浪蕩的貨色，那是打更的包矮子的老婆，諢名叫水貨的。

包矮子是南邊來落戶的窮漢子，人又長得和武大郎一個樣，武大雖然猥瑣，還不甘戴上綠帽子，敢破門捉姦，包矮子連那點芝麻綠豆膽子也沒有。據說早些時，酒糟鼻子劉隊附進門找他老婆會會，包矮子還替對方端上洗腳水呢。不過，正因包矮子大開兩扇門，和水貨有一腿的人不在少數，當時小騷就沒去湊這份熱鬧罷了。

「湊合著搭姘，穿小鞋是免不了的，」小騷說：「但水貨的面首多得動把抓，我真怕做湯鍋裏的老鼠。」

「甭死要面子，獨自標清了，」馬面諷嘲他：「老實講，水貨是個擺擂台的，南拳北腿都會過，你有本事，還怕打擂麼?!沒本事，趁早旁邊涼快著，免得叫她踢滾下來，閃著你那腰桿。」

「照你這麼一激將，我非得插一腿不可了，」小騷說；「我還不至於那麼窩囊。」

在馬面慫恿之下，小騷和水貨一搭就上，在水貨所住的小茅屋裏，點亮油盞，弄兩碟鹽水毛豆、煮花生，喝起小葉子酒來，月亮窺進油紙窗，兩雙出水的眼對視弄情，也有那麼一點兒撩人的韻味，尤其是包矮子敲響打更的梆子，在左近逡巡，使小騷產生了偷的樂趣。

水貨高頭大馬，一身油白的嫩肉，談不上秀色，在某些急色漢子的眼裏卻也可餐。三杯酒落肚，小騷渾身的騷筋全被她給挑動了。

「有人說妳是擺擂台的，水貨，今晚我看妳，真有幾分台主的威風啊！」

「那些鬼，個個都該削掉一截舌頭，」水貨笑得浪浪的：「他們消遣了老娘，還到處宣揚。」不過，她看到小騷的臉色不好，這才想起他被咬掉舌尖的事，立即補正說：「葉大爺，你別介意，我罵的是那些尖嘴薄舌的鬼呀！」

小騷在火頭上突然想起那截舌頭，心裏怪怪的，說發作，又不便在這種時刻發作，說忘掉罷，可沒那麼容易。水貨的身子歪搭過來，軟油油的。他的情慾裏，總少不了那截被咬斷的舌頭，煞風景！就在這種冰炭同爐的感覺中，水貨不斷的撩撥著他，小騷明知自己上不了擂台口，再想打退堂鼓也來不及了。

水貨是在大風大浪裏行過船的識家，一個男人亮的是什麼貨色，有多重的斤兩，她一掂就知道。

「嘿，我當你是鐵匠，原來是賣棉花的！」水貨說：「比我家那個武大還稀鬆，旁人叫你小騷，我看你是有名無實。」

「我真是倒了血霉，連妳這種女人也敢笑話我？」小騷握起拳來，忍不住就朝水貨揮過去。

但水貨舉手擋住了他，兩人竟然像做惡夢般的，在帳子裏打了起來。

小騷想伸手到帳外去拿匣槍，水貨把他壓著不能動，小騷發了急，伸嘴去咬水貨的肩膀，水貨用拳打他的腮幫，罵說：

「可笑，竟然帶咬的，咬人原是女人的拿手戲，你倒先動了口啦！」

小騷做夢也沒想到，發起雌威來的水貨是這樣的難纏，在這場精赤條的搏戰中，他處處受制，變成一隻落在蛛網裏的蒼蠅，他越是用力掙扎，水貨把他纏得越緊，到最後，他竟然一口咬住水貨的奶頭，水貨用肘撞掉他兩顆門牙，哭罵：

「你這殺千刀的，老娘也咬一口你試試！」

水貨也是氣火了，要不然怎會揀要命的地方下口，硬是一口把小騷咬成了太監，小騷當場就暈厥了。

闖了禍的水貨知道在鎮上無法存身，二天絕早，就和她的矮子男人逃走了。

小騷是被人發覺抬進醫院的，消息傳出去，街坊上的人都笑成掩口葫蘆，偷偷把它當成笑話講。有人認爲，小騷這回如果不死，該不會再騷了，除掉舌頭和騷根子，他等於吃了保命仙丹，要不然，他準會爲發騷丟命的。

有人覺得奇怪，說小騷假如向三貞九烈的女人行強，落得這個下場，倒還講得過去，像水貨那樣大開兩扇門，有錢就說請的女人，怎麼單單對小騷這樣呢？

不過，過不久就有人在縣城看見水貨了，水貨一點也不隱諱，把那事源源本本的說了。

「他要不先動口咬我，我才不會咬他呢，」她說：「我是吃花齋的，那天是我的齋期，害得我買了香燭到白衣菴去叩拜，求菩薩體諒我情非得已才開齋……。」

葉小騷出院後，槍也不耍，棒也不弄了，那身狗仗人勢的老虎皮也脫了，鎮上再也待不下去了，跑到西南角的董家油坊幫人看倉庫。

抗戰勝利後，漢奸都受到懲治，但卻沒人再找他算老賬，有時他也趕集上街，見到面熟的人就低下頭，尤其是經過李老喜饅頭店的時候，他不敢朝裏面看，那李家大妞兒反而會多看他兩眼呢！

辭鄉

乳名于小柱兒的于富貴，一天也沒富過，更和貴字沾不上邊兒。他的老家老宅子在黃河南岸，離南大堆幾十里地，當年黃河倒口子的銅瓦廂，就在東北角上。黃河起大汛，決堤奔瀉的情形，于小柱兒出生得晚，並沒親眼見著，但自小就聽到老年人成筐成斗的講說決堤的事，點點滴滴都帶著冰寒的恐怖。

儘管小柱兒沒見過滔滔濁浪和萬頃汪洋，但他生長的環境卻處處存留著劫後瘡痍的面貌，那些無定向的旱溝旱泓子，是當年大水的溜頭沖刷出來的；東一堆西一堆閃光的圓頂沙丘，是大水迴蕩時淤積成的。這些沙丘和凹道，一直綿延到遠遠的天邊去，比較平坦的地面，經過劫後餘生的人世代開墾，又勉成阡陌，可以重新播植了；玉米、高粱、豆類和落花生這類適於沙壤的旱作，爲一片廣闊荒涼的野原綴上些綠意，但並不能掩蓋洪水後多年仍留在地上的疤痕。這些疤痕，印證了那些古老的傳言，當小柱兒舉眼四望時，便覺一股寒意順著脊背朝下走，使他好像冬天浸在冷水裏一樣，他總抱有一種恐懼的幻覺——假如有一天，黃河再決了堤，那又會怎樣？

童年起始，白天的恐懼經常把他牽進夜晚的惡夢之中，惡夢裏的景象，又都是那些傳說化成的，傳說硬把他拖回已經逝去的當年，逼使他的夢中重睹那些慘劇，他看到無邊的濁浪在推湧，漂浮的牲畜發出哀呼，水面上有尖尖的屋頂、家具和門扇，也會隨波而去的、連枝帶葉的樹木、五顏六色的衣衫……凡是能漂浮水面的物體上，都攀附著掙扎的人，只看見手臂和頭顱……他聽過蒼老的聲音，唉嘆著說起：有成千上萬的人畜，都被大水捲進東洋大海去了，可憐連屍都沒法子收，真是天劫啊！

在小柱兒成長的歲月裏，黃河並沒有像傳說那樣的氾濫過，按理說，黃河平靜的年月，人們的日子應該好過些，事實卻不是那麼一回事，去了澇，又來了旱；去了旱，又鬧起蝗災；蝗災過去，又起了大瘟疫，緊跟著又鬧匪盜和兵燹；天劫和人劫鎖連著，而且年年反覆的來，好像非要把人的血肉磨光不休止。

原本荒涼的地方，再鬧赤毒毒的大旱，那光景簡直難以形容了。四邊的天角都彷彿被當頂的太陽烤焦了，顯露出一片混沌沌的紫赤之氣，沒有風，沒有一絲雲，只有使人睜不開眼來的大太陽，一盆紅熾的火。野原上零星散佈的禾苗，首先乾枯了，禾屍以千奇百怪的蜷曲僵立著，接著就是村落附近的灌木，最後連紮有深根的樹、最耐旱的野草，都難以倖免。大塊的蓄水塘乾涸見底，裂成龜背紋，浮泥也捲曲起來，踩上去咯咯有聲。

「水啊！水啊！」到處有人叫喚著。

年輕有力的渾身滾汗去挑井，偶然挑得涓涓滴滴的泥泉，便敲打黃盆，發出樂昏了的呼叫。有些人張著神旛，精赤上身，穿著裩褲，執著刀矛和纓槍，到處去尋找旱魃，龍王爺被人群抬出來，這村到那村的，接受人頂禮膜拜。有人放牲口到老遠的河堤那邊去運水，那點兒水可以讓人苟活，卻救不了莊稼和樹木。守著大河鬧旱災，你不信嗎？這樣的大旱來時，一連幾個月沒有半滴雨水，硬是讓一片的原野變成赤地。

夏季鬧旱，太陽沒有水氣遮擋，直晒到地面上來，起了一種火毒，人們要是晌午時分出來行走，中暑倒斃路邊的很多。一季大旱，也許並不能把人逼入絕境，但大旱之後所造成的問題太多了，火毒蘊在地上，變為火性的瘟疫，罹染那種時疫的人，十有八九都難以活命。旱後的田地插不下犁尖，下一季收成也跟著完了，沒有水，還能到不涸的大河去運取，缺了糧，喊天不應，叫地不靈，那才沒了門兒呢。

天時就這麼邪門兒，大旱之後，往往跟著大澇，一逢霪雨不休，人們就提心吊膽的，鳴鑼集眾，日夜去守護著大堆，以防氾濫的黃河決堤而出，就算老天垂憐，黃河不倒口兒，地上也變成了澤國。傳說：蝗蟲和魚卵會互變，逢著水澇，它就變成魚，逢著旱，它就變成蝗，民間都這麼相信著。蝗群多在澇後轉旱的春夏之交出現，小陣的蝗群幾乎是年年都有的，大陣的蝗群隔三五年就會出現一次，僅僅乎是那麼一次，就夠人欲哭無淚了。

于小柱兒記得，他頭一回離鄉，就是被蝗群逼的，那陣蝗蟲，在高空像一片蔽天蓋日的黑雲，逐漸旋轉著朝下降，沒到低空，就已經聽見像落暴雨一般的振翅聲。

「來了哇！來了哇！」

地面上的人驚惶的叫喊著。差不多所有的人都出動了，有的用溼草點燃，利用濃煙去燻的，有的敲打各種響器去驚嚇牠的，有的用掃帚去撲舞的，護守莊稼的人，在田邊挑掘多道深溝，準備活埋落蝗，也有的設香案，拜祭蝗神的。

面對數以億萬計的蝗陣，無拘使用什麼方法都失了效驗，蝗蟲落下來，方圓十幾里，地面疊疊的蟲群有四五寸高，牠們旋風般襲向禾田，眨眼的工夫，禾苗就被啃盡了，只落下光禿的禾稈，蝗蟲落在樹上，轉眼工夫，樹就原形畢露，彷彿一夕驚霜。蝗蟲不但啃樹、啃草、啃莊稼，連乾茅草蓋成的屋頂也照啃不誤，不到半個時辰，厚厚的屋頂就天光處處了。

蝗蟲吃盡了人吃的莊稼，連樹葉、野草都不留下，飢餓的人只有懷著恨意，抱薪燃火，乾炒蝗蟲當飯吃了。蝗蟲炒熟了很肥很香，一咬滿嘴油，吃起來倒是又解饞又爽口，但吃久了火毒攻心，渾身起紅斑，好像油炸過的蝦，心煩口渴拉不出屎來，毒性發作，在地上爬著找水喝，于小柱兒親眼見過，有些鄰舍全家抱著死在一堆。

「天啦，天啦，離人吃人的日子不遠啦！」有人絕望的呼號著。

人吃人是怎樣的一種情景？于小柱兒可從沒想到過。打從他記事起始，日子就沒好過過，春荒是每年都有的，只是荒的程度有輕有重而已。乾旱、水澇、蝗災，他也都一一經歷過，當大瘟疫流行時，別家抬屍，他吮著手指站在一邊看著，當時並不覺得怎樣的恐懼和難過，因爲家家戶戶都不斷朝外抬人，看也看熟了。儘管日子過得那樣淒慘，卻沒見人吃人的事發生過，倒是野狗在荒地上食屍，經常見到。那些紅眼畜牲，像狼一樣的拖著尾巴，斜睨著經過牠們附近的路人時，眼光充滿森森的鬼氣，彷彿連活人也要竄上來攫撲吞噬的樣子。

有些並不是曝屍荒野，而是用蘆蓆捲了，埋成墳堆，成群的野狗照樣刨開墳墓，拖出腐屍來嚼食，一般人並不說野狗餓極了，卻認爲墳裏的死人是犯了天狗星，才會落到葬身狗腹的下場。

蝗災把很多絕了糧的人逼得背井離鄉。那時于小柱兒年紀還小，只是兩眼青黑，茫茫然的隨著家人，和大夥兒滾成趟兒朝東南方向走，走出蝗害的災區。有綠意的地方那些村落，見了他們大陣逃難的，就像見了大陣蝗蟲一樣，管他們叫「吃大攤的」。大部分的村落恐怕飢民搶劫鬧事，都關起村口的柵門，不放他們進莊，再湊些糧食送出來，當災民當中爲頭的收了分配，雖說那點糧食是僧多粥少，不夠分配，但能分得幾口搪搪飢，也是夠感激的了。吃大攤的人數眾多，不是某一個地方能供養得起的，只有不斷的朝前換地方，每到一處，到唇不到嘴的吃別人一點，年輕力壯的還勉強撐持，老弱體衰的，只有路倒路葬，溝死溝埋了。

洪大的原野使逃荒人由大股分成小股，各投一方，分別時都相約來年再回老家根相見。離開家根的土地，人人兩眼漆黑，過了今天不知怎樣過明天，真到來年，能活回去重聚的又能有多少人？爲這個，紅濕了很多雙眼。

于小柱兒年輕結棍，算是活回老家了，但同村和鄰村逃出去的人裏，已經失落了很多張熟悉的臉。悼亡悼失的悲哀浸進人的骨縫，從呆滯無光的眼神裏，可以看得出那種沉愴，分股逃出去的人，都有著不同的經歷，你一言我一語的，便拼湊出一幅幅慘絕的流民圖來。

有的人逃到徐州市郊的黃河灘上，插草爲標賣人，有些尙未成年的小閨女，賣給人去做妾，一步一回頭，以紅紅的淚眼向著風沙。有的是恩愛夫妻，飢餓得活不下去了，做丈夫的和妻子講妥，暫時把她賣掉，相約一年後在老家重聚，做妻子的會在約期前，離開新主人，潛逃歸里，俗話叫做放鷹——能放也能收。據說也有人放鷹放冒了，再也收不回來的，也許他們夫妻的感情裏，缺少一種古老的堅貞。有些人在半路染病，吃又沒得吃，走又不能走，更談不上延醫服藥了，病重的只有倒在路上，任黃沙蓋臉，這些事，總是說也說不盡的。

饒是這樣，在于小柱兒成長的經歷裏面，還沒曾遇過烹人爲食的場景。

他十六歲那年，大澇大旱接踵而至，災荒區域擴大到六七個縣份，加上時疫流行，使外界對於疫區裏足不前，無形中產生了一種封鎖性的隔絕，竟沒有半粒濟助的米糧流到疫區來。人們吃糧種，糧種吃完了，吃樹皮啃草根，樹皮草根吃食盡了，吃白色的觀音土，不到幾天，吃觀音土脹得腹大如鼓暴斃的，到處都有。

有人提出來，與其坐在家裏等著餓死，不如照往年的老辦法，逃荒到外地去。但這一回的情形，和早年大不相同，因爲災區太大，要能忍上多天的餓，逃到幾百里開外去，才能有活命的機會，一般人已經餓得爬不動捱不動了，哪還能趕得了幾百里長路？凡是動走的主意的，都倒在路上了。

「人吃人的日子，就在眼前了！」有人這樣擔心著。

于富貴的爹頭一個就反對這種說法。

「人，終究不是禽獸啊，人吃人有多野蠻！我依情餓死，也不會屠人當飯吃的。」

這樣又過不了多久，有人傳來消息，說是某些集市，已經在吃人肉了，因爲大夥兒都斷糧已久，就互相商議著，有人提出來說：

「與其讓所有的人都餓死，不如有人自願犧牲，拿自己的肉去養活旁人，這樣，至少還會有人能捱得過災荒，要是自家人不忍相食，把易人烹食當成交易，也是辦法啊……像我來說，已經一大把年歲了，風前燭，草上霜，在苟延殘喘，自覺即使在一般年成，活下去也病病歪歪的受苦，何況遇上這種大凶年，我能忍心讓我的家人子女活活餓死？真有換人充飢的，我頭一個就願意去。」

即使是萬非得已，換人果腹總是難受的事情。一種非人的哀愁壓在人的眉上，但活下去仍是要緊的，有一種叫菜人互易的市場，在那些絕望了的集市上出現了。自願當菜人的人，都是經過家人一再商議決定了的，做父母的和做兒女的相互爭著去做菜人，犧牲自己冀圖讓家人得能苟延殘喘，那種哀痛的情形，簡直使人不敢去想。也有些人家，互相講妥了就交換宰殺爲食的，自願充當菜人，捨身讓別人果腹，同時也救了自己的家人，大都是瞑目受死，毫無怨尤。

于小柱兒的村落裏，也已經多天不見炊煙了，餓得垂死的人，只要能爬得動，還朝門外爬著，想找到一點用來果腹的東西，四野光禿禿的，充滿死亡的氣味，還能找到什麼呢？家禽家畜，早在幾個月就殺盡了，後來連老鼠、蟲子都捉了來吃，野草的根已經被人刨盡了，剝光了皮的枯樹是啃不動的，只能使人想到當時它們還有皮有葉的時辰，使他們捱過的日子。

人捱餓捱到極處，居然還能站著走動，只不過走起來虛飄，僵直，緩慢，搖晃，這種時辰，最怕別人或別的東西猛的碰撞，一旦被碰倒之後，就再也爬不起來了，鄉下有句俗話，叫「碰碰倒」，村裏有幾個老人，就是這麼死去的。

其中有個老人叫秦四爹的，嚥氣前吐話說：

「我活不成……了，我身上雖是骨瘦如柴，多少還賸點兒皮肉，與其埋下土爛掉，不如在我嚥氣時，把我分了吃掉，讓活著的，可以多捱些時日，吃人肉，也是萬不得已的事啊！」

秦四爹的家人含著淚，照老人的話做了，那不是食人，只是食屍，但他們一家子都不忍烹食親屍，把他送給村裏的鄰舍煮食延命。

于小柱兒家裏，分得了一方連皮帶骨的肉，他們全家在食用前，都折了枯枝插地爲香，朝空跪拜秦四爹，祝禱他的靈魂能得超生，日後轉世爲人，能生在沒災沒患的地方。

一方人肉，究竟怎樣吃法才經吃呢？小柱兒他爹用一大鍋水把它切割了煮湯，每天每人喝上幾口，彷彿覺得精神好一些，也能舔著唇說話了。

「十年九年荒，黃河邊上住不得啊！」小柱兒的祖父原本就很瘦，已經餓成活骷髏，還能翹著火燒鬍子說話：「早年裏，我逃離家根七八次，在外鄉，有吃有喝，可就那麼死心眼兒，一意要趕回來，葉落歸根嘛，唉，這回是應了劫，逃不過的了！」

老祖父嗓音低啞，說來幽幽的，把他一輩子的滄桑都蘊在嘆息裏，一面說著、嘆著，一面拿眼望著孫兒。

「我們應劫也無所謂了。」做祖父的乾咳一陣說：「像這樣粉身碎骨下湯鍋，這日子怎能再讓富貴他們過？即使不像他的名字一樣，求富求貴，至少，總要過過像人的日月啊！……我說柱兒，你要是能熬過這場劫，我倒盼望你遠走高飛，找塊不澇不旱的地方，去安家立戶，……也不必……再……回來了……。」

他這麼一說，兒子和媳婦全哭了，小柱兒楞著，他不懂爹和娘爲什麼要哭，爺爺說得沒錯，假如能逃到不荒不旱的外鄉，就是端著碗討飯，也不會餓到連秦四爹的肉都拿來煮湯喝啊！要是黃河不修整，自己發誓長大後照老爺爺的意思，跪拜辭鄉，永也不再回來。

而夢總是離眼前很遠的，吃人肉這條萬不得已的路，一旦開了頭，就很會傳染，在他們村落裏，發現有人趁夜晚偷抱了別人的孩子，抱到荒郊野外去烤了吃了，村裏人在荒塚堆中找到孩童的衣著、毛髮和殘碎的骷髏，而且烤人的柴火堆還留在地上。

「即使人吃人，也不是這樣搶奪、偷竊、胡亂吃的。」有人憤怒的說：「我們要捉住這個鬼強盜，把他也剝來吃了，免得他再來謀害人。」

「荒年人吃人，按理是吃老不吃少，吃弱不吃壯。」一個老人說：「因爲少年人還有大半生的日子等著過，熬過荒，仍能生兒育女，延續香煙。像我這樣年老體弱的人，一生的路已快走盡了，忍飢挨餓活著，也沒有什麼意思，洗把澡送給別人果腹，該是一種功德，因此，這個偷吃嬰兒的傢伙就太可惡了，你們先拿我進餐，吃飽了走得動，才好出去捉人啊！」

「不，我們不能吃掉您，老爹。」宋大叔說：「我們經常有人餓死，吃屍不犯殺罪，一樣能捱命。」

「要死的還不容易麼？」那老人苦笑一聲，歪著頭猛的撞在牆角上，立即就暈死過去了。

那天夜晚，村上人把那老人的屍體支解了，煮了一大鍋濃稠稠的肉湯，略微壯實的漢子每人先吃一碗，餘下的分給婦孺老弱，大夥兒都明白，這一餐不是白吃的，夜來他們要掄起刀棒，去捕獵那個盜食嬰兒的鬼強盜。

他們張了三夜的網，總算把那鬼強盜給圍住了，舉火一照，原來是鄰村的獨眼李七，早先幹殺豬營生的，他腰裏還插著一柄殺豬刀和帶著一圈繩子。

李七是被餓瘋了，他的臉失去了肉，完全變了形，只有一張多皺的皮蒙在頭骨上，他的頭髮脫落了很多，餘下稀落的髮茨，雜亂披散著，有幾綹覆在前額上，看來真像紅眼的餓鬼。當村民合力圍捕他的時候，李七曾拔出牛耳尖刀來抗拒，他罵罵咧咧的說：

「它娘的，是我瘋，還是你們瘋？我們這些人，早晚都會走上一條路——餓死！你們還想留下那些奶娃兒？甭做那種大頭夢了！你們不吃，我吃，我不願被活活的餓死。」

「人吃人，也得講究吃的規矩。」村上的于姓老族長說：「集市上開菜人市場，也都是公平交易，願意救活自己家人，才自願當菜人的，並不是弱肉強食，偷盜搶掠的，你偷殺人家嬰兒，一樣是犯殺人食屍罪，我們絕不放過你。」

屠夫李七死到臨頭，把心橫了，擺動牛耳尖刀竄過來，想舉刀剁人，被村民用長木槓子掃中了腿，慘叫著跌坐在地上，其餘的趕上去，你一刀我一棍把他打殺了，用他自帶的繩索捆起抬回村裏，又烹了一大鍋延命的肉湯。這一回，于小柱兒著著實實的分了一大碗，吃得滿頭發汗，一面打著飽嗝，一面撫摩著發脹的肚皮。因爲他知道李七是個惡漢，所以吃起來並沒有不安的感覺，和他早年吃其他牲畜的肉並沒兩樣。

不過，像李七這樣該殺的惡漢，並不是常見的，而許多飢餓的肚皮，每天都得塡進食物去，像無底洞似的怕人。人們伸著細長的脖子，眨著死魚般的眼珠，邊熬邊等，是等著解救還是等著死亡？沒有誰能知道。

說是仗還在外面打著，鐵路暫難通車，說是外地有部份的賑糧，已經在官倉裏囤積著，先養肥了倉裏的老鼠，但一時還運不到災區來。北洋的將軍帥爺們，這個又興了，那個又落了。人率相食的事是自古就有的，誰要這塊地水澇乾旱鬧災荒呢。言語和嘆息，都像高風颳過去，于小柱兒覺得李七說得不錯：大夥兒早晚都走一條路。

村裏雖沒開設菜人市場，但還是走到最後一條路上來——這一家和那一家易人為食了。一個叫任婆婆的，首先和熊家的老爹談妥了交換，彼此願意送給對方的家人為食，緊接著，又有兩家交換瀕死病娃兒的。

「臨到這種地步，空說傷心話也沒用了。」小柱兒的祖父倒反平靜下來：「你們去物色物色，看哪家有人願意做菜人的，我打算和對方交換，千萬不要選又小又瘦的，那樣我們太吃虧，就不划算了。」

「爹，您不要這樣說，」小柱兒他爹聲淚俱下的跪在老的面前：「做兒子的身體髮膚，受之父母，一直沒能得報您的生育、養育大恩，兒子今天是當家的人，要做菜人，也該我先去，一面是盡孝，一面是盡慈，日後您孫兒活著，侍奉您也是一樣的。」

「大龍！」老祖父叫著兒子的乳名：「你這是盡孝嗎？你這是食古不化，迂腐到極點了。人說：虎毒不食子，我忍心讓自己的兒孫捨了命來奉養我，為的是貪圖多活幾天這樣無味的風燭殘年？你和我爭，既不順我的心，又不順我的意，你這幾十年算白活了。」

「爹，」做媳婦也哭著跌跪下來：「男子漢活著用處多，能撐門立戶，您還是讓媳婦去做菜人，大龍要是能留得性命，他儘可再娶一房來燒茶煮飯……媳婦是外人，不損于家的骨肉，望爹您成全啦！」

老爺爺伸手扶起媳婦，難過的搖搖頭：

「妳有這份賢德心，于家夠感激的了，我不能讓富貴沒有親娘，妳既踏進于家門，就再不是外姓人了！我是快進土的老朽，妳爭個什麼勁？大夥都不准再講了，再講就是忤逆不孝。大龍快去找菜人，準備換。」

在于小柱兒記憶裏，彷彿有青黑的閃電游走著，天崩地坍似的，老祖父就落進別家湯鍋裏去了。其實，早時那些爭執全沒有什麼意義，有的，也只是先走後走而已。那次災荒延續了八個月，他們一家七口只落下他和生怪病的爹。

頭一批賑糧運到，沒餓死的爹竟然貪吃脹死了，別人都說那是折斷了腸子，死的並非他一個，那一陣，一共埋下去十幾個，都是腹脹如鼓，睜著眼死的。于小柱兒跟著一群牽牲口做負販生意的商客去了山東。

他離開老家老宅的時候，神情是呆滯的，連感覺都很麻木，悲哀麼？說不上是悲哀，彷彿整個的人，仍陷在一種惡夢裏沒有醒過來，甚至舌尖上仍留著人肉的味道，夜晚小油燈的黃霧中，飄浮出的家人的臉，仍在他的記憶中，那麼鮮明的凸現著，如今，他們卻都不在人世上了。說來是那麼荒唐怪異，如果一個人能夠卜算未來，算出他投胎降世，是要被別人用以果腹的，那他一定不願意出世爲人了。

負販的商客，一路上也在談著這裏災荒吃人的事，聲音低沉沙啞，只有牲口頸項上的銅鈴，搖盪出高亢的尖音，彷彿向無垠的曠野召魂。

太陽當頂照著，劫後的荒野是死寂的，有一股說不出的空冷撲襲人的眼眉。于小柱兒抬起頭，漠漠然的朝遠處眺望著，閃亮的沙丘，曾經隨水漂流又遺留在凹地上的、殘碎的斷木，白堊堊的，像太古洪荒中遺留的動物骨骸，看來驚心觸目，一行人穿過凹地，朝河堤那邊走去。

「這是一條什麼樣的河呢？」捏著煙桿的李二爹說了，他是商販裏領頭的人，和于小柱兒的祖父是舊識老友，他望著凸起在地平線上的蜿蜒的河堤，這樣喃喃自語時，微瞇的眼角堆滿困惑的皺紋。隨著他的嘆息，這是……一條……什麼樣的河呢？那彷彿是問向蒼天的話了，而天穆穆的張著，顯得好高，好遠。

「住在這兒的人，心懸著，膽吊著，哪年起大汛，不死上一堆人，近百年裏，單只決堤倒口子，就添了許多萬的冤魂。唉，算它大河不起汛罷，水旱、蝗災、瘟疫也年年輪著推大磨，非逼著人歷劫不可！……人吃人的日子，雖說不止這一回，但以這一回最慘啦！」李老爹嘮叨著：「我說富貴啊，可真沒想到，你們家還能賸下你這麼一條根。」

「要是賑糧再晚到幾天，我的命恐怕也很難保全了。」于小柱兒說：「平素比我壯實的年輕漢子，也倒下去不少呢。」

「人該應劫，也沒辦法。」精瘦的丁叔說：「這回死去的人，有好些是當年和我一道兒逃荒到外地去的，有些人就是那麼固執，依鄉戀土的念頭糊了一腦門子，只要年景略略轉好一點兒，他們就忙不迭的趕著朝回奔，奔回來整田修宅忙乎不久，做夢也沒想到被人當成菜人吃掉了。早知這樣，又何必趕回來送命呢?!」

「未卜先知的人，又有幾個？」紅鼻子牛四說：「像你我這號人，若不是行商在外，碰巧不在家，要不然，大荒朝下一罩，咱們一樣屍骸無存啦！」

河堤漸漸的近了，慣食腐屍的癩鷹，一隻，兩隻，在人頭頂上交叉的盤旋著，不斷的怪叫著。

「牛四說得是啊！」李老爹說：「依鄉戀土的根性，是很難改得了的，咱們誰不是這麼死心眼兒，無拘生死都伴著這條渾黃的大河。家根家根，家就是人的根啦。」

一行人喘息的爬上大堆頂，于小柱兒最後一次回望被稱爲根的、老家的屋頂，他突然放下肩上揹著的藍布小包袱，兩膝著地，著了魔一般的跪了下來。

「你在做啥呀，富貴？」李老爹叫喚著他。

于小柱兒不聲響，找到一根枯枝，當成香燭，插在面前的土裏，楞楞的叩了三個頭。

「這孩子倒是有孝心，臨走懂得向祖先拜別。」丁叔說：「甭瞧他年輕輕的，倒是撐門立戶的料兒。」

于小柱兒叩頭叩得那麼認真，叩完頭站起身來，額頂上還留下一塊泥土印兒。

「別再難過了，富貴。」李老爹說：「人麼，年輕時初離家，尤其是在經歷這種大劫之後，你的心情我是想得到的。」

「要是老爹不罵我，我要講幾句心裏的話了。」于小柱兒這總算開了口：「我剛才是對天賭咒，我可不像上一代人那樣癡心的死戀著老家窩，一家七口人，一場劫去了六口，老爺爺在世爲人一輩子，末了進了湯鍋，這單單是黃河做的怪、造的孽嗎?!我發誓今兒離家，絕不回頭，這一生再也不回人吃人的地方來了!」

在李老爹的驚怔中，兩顆熱淚從于小柱兒的眼角湧迸出來，這是熬過了非人的八個月後，他乾涸的眼裏第一次有淚，他就用這兩粒珍珠般的淚，做爲他辭鄉的獻禮。

啖頭記

旱河環抱著的沙寨，是個極爲奇怪的集鎮，要想懂得它所以被人稱奇的緣故，先得要瞭解它所處的、特殊的地理環境。

在華東地區，黃淮交浸，加上湖壅爲患，大汛之期，洪流滾滾，有許多古老的城鎮，土崩屋塌，陷入水底，更有許多城鎮，在洪水過後，成爲無人的廢墟，同一個集鎮，鬧一次洪水便換一個地方也有不少，沙寨就是其中的一個。

沙寨位居老黃河、鹽河、淮河、大運河之間，地勢低凹，俗稱澤地，一遇上大小洪水，就變爲一片汪洋，妻離子散的慘劇，幾乎人人都身歷過，照理說，他們早就應該離開低窪的澤地，另找安家落戶的存身之地了，但沙寨的人都是死心眼兒，寧死也不願遷離家窩，寨址移來移去，還是在那一塊河川縱橫的沙洲上，這情形一直延續了好幾百年，直到奪淮的黃河回到老家，沙寨的人才免除了和波濤搏鬥的命運。

上蒼似乎很垂憐這些憨頑的居民，洪水退去之後，留下肥沃的沙粒，和本來的黑土調和，使沙寨周近的土壤變得特別豐肥，沙寨的人，無論經商或是務農，都能得到溫飽。

臨到民國初年，這個飽經水患的集鎮，又鬧出新的人禍來，四鄉的流民，曾用改朝換代爲由，湧至沙寨大肆搶掠過一番；及後軍閥割據，沙寨又歷經兵燹，張團李營的，有槍有馬就是大爺，南方的北伐軍過了長江，北洋隊伍都開拔上去頂火了，後方真空，土匪霸爺又紛紛蠢動起來。

沙寨的人畏官但卻拒匪，他們積錢買槍添火，組成了自衛的鄉團，推舉寨主的堂叔，武舉出身的沙奇堂老爹擔任團統，築圩堡，挑深壕，插鹿砦，設柵門，派人值更守夜，恐怕土匪來拔寨子。

由於沙寨人丁旺盛，槍銃頗多，左近的散股土匪一時不敢來犯，沙寨的人也都樂呵呵的各安生業，守著這一方的安靖日子。鄉團的統領堂老爹，逢人便摸著他的山羊鬍子，自認爲由於他的威名，土匪才不敢指染沙寨的。

其實，當堂老爹摸鬍子哄笑的當口，四鄉的土匪，正在密議如何灌開這座寨子好分肥呢。

四鄉各股散匪，勢力最大的，首推趙二花皮，二花皮早年做過打鐵工，及後到北洋軍吃糧，在外地混了一陣子，沒撈著什麼油水，便做了歸鄉的逃勇，夥著一幫地痞，訛吃詐騙，官裏緝拿他，他乾脆蹚了渾水，當起土匪頭兒來了。實力較次於二花皮的，有宋四扁擔、鄒胡纏、包大妮子六七股頭，各有十多支槍銃，攻城掠鎮談不上，橫行鄉野就綽綽乎了。

他們聚在渡口的包家驢店，想點子對付沙寨，二花皮改不了他掄錘打鐵的脾性，力主捻合各股人槍，來它一個硬撲，撲開寨子立即分肥，該多痛快。宋四扁擔核計核計，各股捻合，人頭不過百十多，槍銃還不足百支，對付有六尊子母大砲的沙寨，勝算不大，認爲這個險冒不得。

「老鄒，你看如何？」二花皮問說。

蟹殼臉，濃眉牛眼，繞著絡腮鬍子的鄒胡纏，看來粗魯呆笨，但他動腦筋，拿主意，卻一向滿精的。

「四哥估量得不錯，」鄒胡纏說：「沙奇堂是隻威猛的老虎，雖說年歲大了，牙還在啊！沙寨的圩堡，分外圩和內圩兩道，中間還隔著很寬的汪塘，硬闖是闖不過的，我看，非得找時機佈線埋樁，來個裏應外合不可。」

「誰去辦這宗事呢？」二花皮說：「沙寨不少人認得我，我出面實在不方便哪。」

「我看還是由兄弟我去跑一趟好了，」鄒胡纏說：「我原先販糧，常到沙寨去出貨，尙家茶館的尙禿子，和我還是換帖的兄弟呢；賭坊裏有好些賭客，和我也稱得上熟稔；沙寨南街何成開的香燭舖，我常去歇腳聊天，何成那個高瘦的傢伙，爲人滿四海的，若想套消息，找他最好不過了。」

「你一個人去沙寨，太單薄了點兒，」二花皮說：「我看包大妮兒不妨跟過去，辦起事來，多少能幫襯你一些，大妹子，妳看如何？」

以開設驢店起家的包大妮兒，是個蠻悍的女光棍，她手底下養著十多個無賴漢，也都是些兇神惡煞，爲了爭奪地盤，她和鄒胡纏起過摩擦，幸好二花皮出面調停，雙方才沒撕破面皮。

「我無所謂，」包大妮子說：「單看鄒大爺的意思，嫌不嫌我礙他的手腳了。」

「哪兒的話，這本就是捻合著幹的事。」鄒胡纏說：「但不知當家的去沙寨，打算在哪兒落腳？事先說妥了，好連絡。」

「我住北門孫家驢店，」包大妮子說：「高大嚼吧的糧行夥計范小跳，是我遠房表兄弟，你找他連絡也行。」

兩盞燈籠的黃光，在人臉上閃跳著，二花皮扳著手指數算日子，不久就到交冬數九的時辰了，等到遍地冰封雪鎖，說是拉動人槍出來攻撲村寨，那可苦不堪言，他有這麼一層想法，便急著說：

「踹破沙寨，好歹都在兩位身上了，咱們都在等著兩位的消息啦。」

「您放心罷，」鄒胡纏拍拍胸脯說：「入冬後的這段日子，沙寨的熱鬧多，正是安樁臥底的好機會，有兄弟和包當家的一起出力，管保沙寨會人仰馬翻。」

鄒胡纏說的沒錯，入冬後，沙寨是熱鬧又忙碌的，頭一樁是喜慶多，務農的人家，總愛揀冬日農閒時節替兒女完婚，俗諺形容：有錢沒錢，娶個老婆好過年，那是極爲貼切的，入冬後，只要黃曆本上有黃道吉日，就會聽到鑼鼓和嗩吶吹吹打打，有娶有嫁。

第二樁是年貨的生意興隆，商家都先做準備，鄉團除了召點操練的日子，那些鄉丁團勇都忙著辦貨去了。

第三椿，是每年正月都有演戲酬神的習俗，沙寨地方偏僻，難得請到外來的戲班子，因此，寨裏自組了一個平劇票房，票友也都是寨裏的人，雖說行頭陳舊些，有時連文武場都不齊全，但寨裏的人，都瘋狂的愛看他們自己人演的戲，這個票房裏的票友，十有八九都是鄉團列名，領有腰牌的，他們排演又排演，那股熱勁兒，要比扛槍操練認真得多。

第四椿，跟在這些熱鬧後面，就是酗酒賭錢，酒是高粱大麯和水做的，這些沙寨都豐足得很，寨裏大小酒坊四五座，甭說男人都愛貪杯，連沒穿褲的孩子也都嚐過酒的滋味，漢子們碰上男童，問他會喝酒不會，如果男童搖頭，那就會被嘲笑：

「來，脫下褲子，讓我把雞給割掉——不會喝酒，哪算男人啊！」

至於賭，那可比酗酒更普遍了，有些嗜賭的女人，一旦上了賭檯，翹起腿抓骰子，尖叫的聲音簡直撕裂了天，小孩跟大人學樣兒，一樣賭得臉紅脖粗，雀斑發亮。

按理說，賭風最盛熾的時刻，該是大新年的正月裏，但這些嗜賭如命的人，都願意提早試試運氣，入冬後走進沙寨，街頭巷尾都會聽到呼么喝六的喧嚷，麻將歌此起彼落，簡直有不知人間何世的味道。

鄉團的堂老爹，也爲此張貼過告示，大意是說：目前局勢混亂，宵小猖獗，沙寨地處偏荒，久爲匪類垂涎，務期本寨居民各安生業，以拒匪防盜爲重，切勿沉迷賭窟，流連醉鄉，致爲匪寇所乘……。

但沙寨識字的人不多，誰懂得告示上寫的是什麼？大夥兒都是街坊鄰舍，堂老爹也不好嚴禁賭博，拘人拏人，張貼告示也只是應應景兒，表明鄉團有此見識罷了。

其實，堂老爹本身就是個樂天派，根本不相信四鄉的小股土匪敢撼沙寨。他是票房的贊助人，自己也喜歡票戲，演演楊老令公那類的角色，戲總是戲，他這個統領鄉團的首腦，總不會被那些小土匪逼得去碰碑罷？每逢堂老爹以古映今，心裏有感慨的時刻，演旦角的何成就會說：

「笑話了，四鄉八鎮，有幾個武舉呀！堂老爹，那些土匪聽見您的名字，嚇得小腿轉筋，一襠尿屎，他們若真有那個膽子，早就不會窩在鄉角落裏混了！」

「哈哈，果然是大有見識，不愧相府的千金哪！」堂老爹拍著何成的肩膀，因為何成總是演王寶釧的，這是個人人皆知，人人皆愛的角色。

戲台下的何成，長得白淨斯文，開過蒙，進過塾，有三幾本古書的根柢，在沙寨人的眼裏，也說得上是個文墨書生了。南街何家幾代都開香燭舖，雖是小本經營，卻有積有賺，日子過得去，何成若真肯攻書入塾，也許真會做個讀書人，但他自小就迷溺在戲裏，各類的地方戲曲和平劇，他都喜歡，當時在票房教戲的潘師父，看著這孩子討人喜歡，就把他收在名下，刻意的教他，何成的嗓音和扮相都很好，雖不能和著名的京班相比，在鄉鎮來說，已經足夠使人風靡的了。

變成地方上的名票，何成樂呵呵的五湖四海起來，這些年，交了不少的朋友，他那小小的香燭舖，變成酒肉之地，真箇是：座上客常滿，樽中酒不空。其中有些是慕他名，談古論戲的，也有些江湖豪客，瞧著何成夠朋友，和他把酒論交的，更有些富翁闊佬，沾染上北方傳統捧旦角的風氣，仍把台下的何成看做戲裏的人物，多少帶些醉翁之意，何成生性磊落，全不介意這些。

在鄉團裏，何成擔任南街的牌頭（等於小隊長），南街地方不大，但有許多殷實的商號，算是沙寨精華地區，土匪要搶，也以這個地段爲主，所以鄉團從十字街口爲中心，偏南另築一道內圩堡，守內堡的鄉丁，都在何牌頭的轄下。

堂老爹以爲，抗拒土匪，要以外圩爲主，土匪一來，就來它個迎頭擊，如果外圩丟失了，內圩狹小，土匪人不攻，單用火攻，沙寨也頭焦額爛了，因此，何成牌下的鄉丁，大都被撥編到別牌去守外圩，只有幾個槍丁和幾班巡更守夜的，留在何牌頭那邊聽候差遣。

「其實，巡更守夜全用不著，」何成對朋友們開玩笑說：「咱們夜夜排演，喝老酒，打麻將，大夥兒全醒在這兒，不就算是巡更守夜嗎？你們說，外頭有什麼動靜，咱們會不知道？何況土匪怕堂老爹，像老鼠怕貓一樣，咱們不出隊去清剿他們，業已夠客氣了，他們哪還敢飛蛾投火，伸頭跑來送死?!」

「何老闆說得極是，」茶館的尙禿子粗聲粗氣的說：「土匪就算七個頭八個膽，不顧死活來踹沙寨罷，那也得過五關斬六將，從外圩先打起呀！我不信咱們沙寨的人，誰會扒灰倒水做內應。」

「老尙，你禿的是腦袋，可沒禿嘴呀！」把褡褳揹在肩膀上的鄒胡纏說話了：「像我老鄒不是沙寨的人，卻又常來常往的到沙寨做買賣，那我就有扒灰倒水的嫌疑嘍?虧得咱們還是叩頭換帖的弟兄呢，你開口就損起外路來的人了。」

「嗨呀，老鄒，你嘔酸幹啥?」何成拍著鄒胡纏的肩膀說：「尙禿子頂上無毛，嘴上也無毛，說話一向不周全，您老哥是沙寨的常客，誰也沒把您當外人看吶！何況土匪根本不敢來犯沙寨呢。」

「兄弟，你和堂老爹都犯一個毛病，都太一廂情願了。」鄒胡纏說：「如今局勢混亂，南北鏖戰，土匪蠢蠢欲動，他們每股人槍不足，不會捻合嗎?沙寨是穿鞋的，他們是赤腳的，老話說：人爲財死，鳥爲食亡，你怎敢料定他們不爲大把的錢財拚命呢?」

「它奶奶，我這個人，腦袋有毛病嗳，」尙禿子拍打他的禿頂說：「怎麼左聽有理，右聽也有理來著?!老鄒講的，也很有可能啊！」

「胡纏老哥，」何成說：「你常在外頭走動，莫非耳朵裏刮著些風聲了?」

「風聲是有，但沒根沒底，無憑無據，也不能全信的，我怕講出來，有人指我大驚小怪的造謠生事，因此，也就不願吭聲哪。」鄒胡纏縮縮腦袋：「我也許三天兩日的，結算帳目就走了，我犯不著多這個事呀。」

「有話你儘管講，只當閒聊的。」何成說：「咱們這兒都是好友弟兄，沒人怪罪你什麼——你耳風究竟刮著些什麼了？」

「這話可是你講的，我說了，你們可不能七傳八傳，傳到堂老爹耳朵裏去，他老人家一動火，傳我去要證據，我可就慘矣哉了。」

「好，哪兒說哪兒了，咱們答應你。」尙禿子說。

「話是從北邊傳過來的，」鄒胡纏一本正經的咳嗽兩聲說：「傳說是北地一十八股人，正在談如何捻合人槍，好俟機踹開沙寨，大肆搶掠一番，其中主張最力的，就是靠沙寨最近的趙二花皮那一股。」

「趙二花皮？就是那個北洋逃勇啊！」票房的琴師老馬說：「他在沒投軍吃糧之前，在地方上幹小手，一回在沙寨偷牽人家的牛，被堂老爹吊起來抽了三十馬鞭，他恨沙寨恨得牙癢，慫恿挑撥其他各股來搶掠沙寨，這是毫不足怪的。」

「我也聽講他在北邊嘯聚幾十人槍，做過不少搶案，」尙禿子說：「但他總是沙裏紅的果子——上不了檯盤的，若說由他領頭打沙寨，他還不夠那個格！」

「你也甭門縫看人，把人看扁了。」鄒胡纏說：「當年李闖起家，左右也不過十來個人，時勢要抬起一個人來，可不是你那沒毛的嘴貶得下去的，二花皮倒是個能衝能闖的傢伙啊！」

「我偏不信這個鬼邪魔，」尙禿子被激得血朝上湧，頸子以上全掙得紅裏帶紫：「他趙二花皮要是敢來，我向堂老爹請領軍令狀去，不要旁人動手，單我尙禿子一個，就把二花皮捆紮起來扔進茅坑！……你拿偷牛毛賊比李闖，分明是存心嘔我麼！」

「兩位，兩位，千萬甭抬槓了，」何成急忙拉彎子說：「傳言是愛怎麼傳就怎麼傳，咱們不妨聽一半留一半，慢慢的查證查證，小心點兒總不會壞事的。」

「是囉，」鄒胡纏順著何成的話音兒說：「其實誰來誰不來，都和我毫無相干，傳言畢竟只是傳言，還有人說，在打算結夥的十八股人裏頭，有我鄒某人一股呢！若真爲沙寨人相信，我鄒胡纏還敢在這兒露臉麼？不怕你們把我當成臥底的，來它個三刀六洞？」

「哈哈，說你老鄒也要搶掠沙寨，講給鬼聽鬼全不信的。」尙禿子齜咧牙齒，爆米花似的笑開了：「你也不怕人笑你自朝臉上貼金。」

「我要貼這個金嗎？」鄒胡纏也笑了起來：「我販糧來沙寨，長年明賺你們的，何必來上一次強搶硬奪，自己斷絕後路呢？這些年，我也聚了幾個人，團了幾桿槍在手底下，那只爲自保，不讓運的糧食被劫，我可比不得那些黑道上的股頭。」

「鄒兄，咱們都曉得你不是那樣人，你無需再說了，」何成說：「咱們還是吃酒打牌，樂乎樂乎吧。」

鄒胡纏混進沙寨，說來就是這麼簡單。他帶的有牲口和糧食，明白是販糧來的，他的糧送進北街高大嚼吧的糧行，白天，他大蹺二郎腿，坐在尙禿子茶館聽說書，和人閒聊瞎晤，晚上去何成香燭舖看排演戲曲，和賭友們上桌開賭，順便還做做槍枝槍火的掮客，連鄉團總堂老爹，也破例賞臉，請他去吃過一餐飯呢。

跟在鄒胡纏之後到沙寨來的包大妮子，卻沒有鄒胡纏這麼順當，她平素不來沙寨，和沙寨的人頭不熟悉，她唯一認識的孫家驢店的店主孫撈毛兒，又是個半白癡，呆頭笨腦的，說話捲舌頭。孫撈毛兒是個單身漢，把個年輕健壯、風騷潑辣的包大妮子留在驢店裏歇宿，便更顯得惹眼。

北門是沙寨扼守的咽喉之地，因爲每回匪亂，都先攻撲北門，堂老爹特別挑選了他的大徒弟程家樓擔任北街的牌頭，率領五六十支槍銃，管轄這個地段。

程家樓是個極有膽識的漢子，年幼跟隨堂老爹苦練拳腳和刀棒，及後幹過北洋馬班的班長，長短槍枝玩得極熟，堂老爹練鄉勇，特意把他請回來做北街的牌頭，兼任沙寨的總巡查。由於他腦門正中間受過刀傷，結了一塊白疤，當地的人便送他一個綽號，叫白額虎，一般官稱他叫樓爺。

孫家驢店撈毛兒宅裏，住進一個外地來的單身女人，早就由鄉丁報到樓爺那裏，依照鄉丁的形容，程家樓覺得有些蹊蹺。

「沒聽說孫撈毛兒有北地的親戚，這單身女眷是哪門哪路的呢？」他說：「我要過去查一查。」

程家樓帶了兩個鄉丁，趕到孫家驢店去，正遇上包大妮子在驢棚裏查看牲口。包大妮子穿一領淡紫緞面的緊身絲棉襖，外套領口翻毛的羊皮背心，黑棉褲，翻毛的短靴，腰眼還插著一支牛筋扭成的鞭子，一副江湖走道的模樣兒。

「對不住，借問一聲，孫撈毛兒在屋裏嗎？」程家樓遠遠站定了，招呼著說。

包大妮子轉過臉，一瞧就知是鄉團管事的，便放下笑臉說：

「孫老闆到東街談生意了，一歇就回來，三位請裏邊歇著。」

「他既沒在屋，就不用等了。」程家樓說：「冒昧問一聲，妳就是寄宿在這兒的女客罷？」

「沒錯啊！」包大妮子說。

「兄弟程家樓，是沙寨北街鄉團的牌頭，」程家樓表明身分說：「如今局勢混亂，沙寨的鄉團擔子很重，團總交代過，凡是留宿外客的人家，都得事先申報，撈毛兒他沒跟兄弟說過，妳是？……」

「我叫包翠紅，雲渡包家驢店的店主，」包大妮子笑說：「我爹開驢店的時刻，孫老闆在我家做過趕驢的小夥計，這回，我是來沙寨選牲口的，初來乍到，弄不清貴寨的規矩，還請爺台帶諒點兒。」

「哪兒的話，是咱們冒瀆，」程家樓抱拳拱揖說：「按規矩辦事，得請姑娘不用計較。」

「我不會計較爺台，」包大妮子說：「但我總覺你們的鄉團總堂老爹，膽子太小了，防匪拒盜立規矩，也得分個輕重黑白啊！把女眷堂客全當成宵小看待，傳出去也不怕人笑話！」

包大妮子說話時，程家樓一直拿眼瞄著她。這個女眷真箇牙尖齒銳，笑著臉罵人，不帶髒字眼兒，瞧她年紀輕輕，也不過廿三四歲，看來卻是飽經世故的老江湖，不是一般人能輕易應付得了的。在沙寨附近，從沒有人敢公然批駁堂老爹的不是，她卻一上來就輕描淡寫的把堂老爹給削貶了一頓，嘿，我白額虎今兒算遇上對手了。

「沙寨防範周嚴，爲的是保家保寨，其實也沒什麼可笑的，」程家樓說：「兄弟今兒只不過來問一聲，有錯，兄弟領著，和堂老爹無關。」

程家樓說話時，包大妮子同樣也在注意，她發覺這個姓程的牌頭，穩沉幹練，英氣逼人，實在不是一個簡單的人物，自己這趟來沙寨，原是別有用心，必得講求收斂，若是讓這姓程的起疑，會誤事的。

「喲，程大爺，您見怪啦？」包大妮子要出軟功來：「我會讓撈毛兒按您的規矩申報，要保，我也找得著，不會讓您承受擔待的。」

「包姑娘既這樣說，兄弟也不好再麻煩了，」程家樓說：「等歇撈毛兒回來，讓他照章去辦就好。」

從孫家驢店出來，程家樓心裏就有個念頭，他對這個包翠紅很抱懷疑，因為他怎麼看，她都不像單做驢店生意的，當面時，他雖把話說得客客氣氣，但做法套得很緊，等孫撈毛兒來見他的時刻，他虛虛實實的做了一番盤問，問出不少有關包大妮子的事來。

「她來這兒，是說打算買牲口的。」撈毛兒說：「包家驢店，是雲渡口的老店，供應行商所要的腳力。我當年在她爹手下當趕驢的小夥計，確是事實，不過，這十來年我跟她卻很少交往過，只知她小時候刁蠻撒潑，誰都惹不起她。」

「除你之外，她在沙寨還有熟悉的人麼？」

「有。在高大爺糧行的夥計范小跳，是她表弟。」

「好，既然有根有底，就好辦了。」程家樓說：「她可以在沙寨住到買妥牲口，她留在寨裏這段日子，若有差錯，你可願做保？」

「保就保罷，」撈毛兒無奈的說：「看在老關係的份上，我怎能把她推到門外去呢。」

按章辦事是一回事，程家樓暗中差了幹練的鄉勇，隨時監視了包大妮子，注意著她的行動。根據他的經驗，土匪若真結股拔寨子，事先必會有很多的佈置，這當口，不只是對包大妮子，一切外來的人都很可疑，都得逐一的查察清楚。這好像一個指頭大的小洞能造成決堤一樣，千萬疏忽不得的。

包大妮子去高家糧行找過范小跳，小跳請她進小館，又陪她到牲口市場看驢，有說有笑的，毫無可疑之處。高大嚼吧的兒子小羊角要娶媳婦，屋裏忙著辦喜事，缺個伴娘，大嚼吧見包大妮子生得出落標緻，央她留下做伴娘，自願做保，程家樓也說不出拒絕的理由。

高大嚼吧這個紅臉粗嗓門兒的老頭子，在沙寨的輩分高，連寨主和鄉團總都得讓他三分，程家樓只能動勸的，即使如此，高大嚼吧仍然不高興，認爲程家樓是在找他的彆扭。

「我要找沙奇堂，把話抖明，」他抖著八字鬍梢兒說：「家樓這個後生，分明是強拎著雞剪翅膀，我兒子小羊角辦一場喜事，你瞧他炸鱗抖腮的找了多少麻煩，照這樣，我鎮外的老親世誼，還敢進寨來喝杯喜酒嗎？」

高大嚼吧嗓門兒大，到處這麼一嚷嚷，程家樓更不敢說話了，他背地裏跟堂老爹訴過苦，堂老爹勸他忍忍氣，土匪來侵襲，只是風傳，並無實據，不能過分緊張，使人家辦喜事也辦得冷清。

最後，程家樓有些洩氣說：

「老爹，話我不是沒說在前頭，我認爲，高家這場喜事，極可能鬧出漏子，我程家樓光棍一條，兩條腿扛著一張嘴，土匪就真踹開寨子，也搶不到我，我只是盡力辦事就是了！」

「是啊，你盡力辦，」堂老爹說：「但總要在面子上過得去，不能讓人說我沙奇堂專權跋扈，得罪街坊。」

程家樓從師父那邊回來，越想越覺鬱得慌，他仍然吩咐鄉勇，加倍注意包大妮子的行動，絕不放鬆。

「連范小跳也替我緊緊的釘上。」他說。

消息傳回來，說包大妮子待在高家沒動，整天和小羊角的妹妹泡在一道兒，而范小跳常去南街，在何成的香燭店裏逗留，范小跳在沙寨的票房裏扮演小丑，票房也設在香燭店隔壁，夜夜排演，那也沒什麼好奇怪的。

「難道我真是小心火燭，想過了頭了？」程家樓自言自語的納罕著。

他是個不甘心辦事半端的人，因此，夜晚來時，他也頭卡黑禮帽，到尙禿子茶館去坐坐，再踱到何成的香燭舖去瞅瞅動靜。他明白，很多消息不一定是存心打聽來的，而是耳目靈敏，腳底下勤快，無意中得來的，愈是有疑惑，愈要親自出馬去弄個明白，他要踩住范小跳這條線。

何成這個做地主的人，一向很欽服程家樓，開口閉口都喚他程大哥，爲他介紹了好些朋友，城裏來的布商老賈，船東史大眼，糧商鄒胡纏，這些都算沙寨的常客，雖和他談不上熱絡，但彼此都知道的。范小跳身分低，叫他程大爺，范在北街做夥計，也在程的牌裏掛名，當著眾人的面，把牌頭捧得高高的，一副嘴上抹糖的樣子，把他小丑的個性，活脫顯露出來。

程家樓穩沉得很，表面上不露痕跡，一樣和他們吃酒打牌，故意在桌面上裝瘋賣傻，但他心裏通明透亮，冷眼觀察著他們的舉動和顏色。

在這些外來的商客裏面，他最不喜歡的就是鄒胡纏。他覺得這個濃眉大眼的傢伙，貌似忠厚，其實城府極深，他這些年來，兩腳分踏黑白兩道，難以分辨正邪，他既能和沙寨鄉團談槍枝槍火的交易，和四鄉散匪也必有來往，而他口風極緊，就算在酒後，也沒吐露過隻字，這樣的人，實在值得注意。

儘管他下足工夫去踩范小跳這條線，但幾天下來，他卻並沒得著什麼，范小跳除了排戲時扮演丑角之外，還兼票房的打雜，一會兒取行頭，一會兒拎著茶壺裏外跑，替人添茶倒水，從來沒有閒過，和人說話，也總帶些油腔滑調，彷彿他在戲裏插科打諢一樣。

「小跳，」程家樓找到機會對他說：「你怎麼叫這個名字呢？」

「您覺得怪得慌？程大爺，」范小跳說：「我天生就是這麼一塊不安分的材料，幹事沒長性，跳來跳去沒有定規，不叫小跳又能叫什麼？」

「嗯，好像很有點道理似的，」程家樓說：「從雲渡跳到沙寨，你也熬到掌斗的夥計，真是越跳越高，不賴啊！」

「程大爺，您別誇我，我自己知道，我是沙灰上的螞蚱——蹦不高的哪！」

「你很能幹，」程家樓說：「你那表姐更不簡單，一個年輕的姑娘家，竟能掌理一爿驢店，若不懂得點兒江湖，真還挑不起來呢。」

「您是說包翠紅啊？」范小跳說：「她要比我能幹百倍，黑白兩道她都夠得上，腳印踩遍南北碼頭，包家驢店代運的貨物，從沒被截留過，我范小跳，嗨，還不及她腳後跟的一塊皮呢。」

「原來她竟有這等能耐，我倒看不出來啊！」

「人吃哪行飯，就得要走哪行的路，」范小跳聳聳肩膀說：「她也是被逼著磨練出來的。」

儘管話題繞著包大妮子打轉，程家樓還是問不出什麼來。他轉到賭檯上去，鄒胡纏那夥人正在豪賭，除了輸贏之外，只談些吃喝玩樂的事，找不出一絲可疑的跡象，他真的被弄迷糊了！

是我看走了眼，還是犯了疑心病呢？程家樓暗自盤算著：難道外間傳言說的土匪要來拔寨子，全是空穴來風麼？

愈接近年根歲底，沙寨的市面越熱鬧了，爲了交易，不能拒絕外地的行商客旅進寨子，各客棧還是照樣留宿客人，查歸查，問歸問，總不能無憑無據的亂拘人，程家樓所能做的，只能嚴查細問，盤根究底罷了。

恐怕出漏子，他把牌裏的鄉丁召聚起來，加倍的防守柵門，不斷的輪流巡更，圩堡上的更棚裏，和衣而睡的漢子，不下百人之多。

程家樓這種如臨大敵的做法，連堂老爹都不以爲然。大家全在準備忙年了，北街的丁壯還夜夜值更輪崗，惹得街坊嘖有閒言，有好些告訴堂老爹，勸程家樓不用太過小心火燭，即使有寇警，鳴鑼聚眾也來得及，何必夜夜都把人留在更棚裏呢！

高大嚼吧就是反對程家樓最力的一個，他認爲沙奇堂護短，一味縱容他的大徒弟，程家樓才敢如此的專橫霸道，把他辦喜事用的人手拉去一半以上。

「他姓程的愛打一輩子光棍，那是他的事，我兒子小羊角娶媳婦，他妒箇什麼勁？他這分明是存心搗蛋嘛?!」高大嚼吧一直嚷到堂老爹的宅裏：「您講句公平話，我兒子這場喜事，還讓辦不讓辦了？」

「嗨呀，老哥，家樓本身沒產沒業，他這樣做，還不是爲了保護街坊，不過，他年輕，辦事太騃板了，您公子辦喜事，當然要格外通融，這才合乎人情哪。」

「我跟他是講不通了，」高大嚼吧說：「只有你講話，他才聽得進耳啊。」

「好好好，我一定交代。」

爲這事，堂老爹召喚程家樓，當面交代他，要他在高家糧行辦喜事前這段日子，不用讓幫忙辦喜事的去輪更値崗，圩崗上少幾個人沒關係，免得高大嚼吧那紅臉老頭亂嚷。

「哼！土匪要真搶了他，看他還嚷不嚷！」程家樓沒好氣的說：「老爹，我這做徒弟的性子太直，做事不會拐彎兒，動不動替您得罪人，想想心裏很難過，爲今之計，求您免掉我這牌頭算了，日後就是出什麼漏子，我肩膀上也不用挑那麼重的擔子。」

「家樓，人做事，總要懂得權宜二字，」堂老爹說：「鄉團不比官兵，攏聚的全是街坊鄰舍，人是不能多得罪的，你只要小心點兒就成了，土匪不至於在天寒地凍的辰光來撲沙寨的。」

「但願如老爹所說，」程家樓說：「我寧可白擔這場心。」

高家糧行的少東完婚，喜事辦得挺舖張的。小羊角的媳婦兒，是北地盧家老莊盧莊主的千金，盧家也是米糧成倉，騾馬成群的富戶，單是女方的嫁粧，就有廿四大套，挑的挑，抬的抬，綿延有半里路長。

高家迎親，差了八班鼓樂，花轎之外，還有六抬小轎，分別去接全福奶奶、大媒和喜娘，新娘的花轎進寨子，一條大街全是爆竹屑，比大年夜更加熱鬧，盧家怕中途遇上麻煩，還請了鄉勇護轎，長短槍枝十多桿，鄉勇還都是騎馬的。

街頭巷尾，瞧熱鬧看新娘的人，多得不消說了。高家把糧行的八開間全騰空了放酒席，五十桌一輪的流水席，從午間一直開到夜晚，美孚油的大笠燈懸有十多盞，在點慣小油盞的寨子裏，那真是新奇事兒：一根針落地全看得清清楚楚，哪兒是夜晚啊！

高大嚼吧幾乎遍請全寨的人來喝喜酒，堂老爹，沙寨主，各街的牌頭，寨裏的常客，像鄒胡纏那號兒的，全都來了。席面上，猜拳行令，把大麯拿來當水喝，盧莊差來的鄉勇，個個喝得東倒西歪，有些堂客（北方稱女人為堂客）也一樣的猜拳灌酒，毫不向漢子們示弱。只有程家樓酒喝得最少，他始終擔心會出漏子。

「大哥，你是怎麼啦？」何成拍拍他說：「放著喜酒不喝，都想些什麼？若想娶一房，找你弟妹幫忙，我那口子跟我嘀咕過好幾回了，說是願意爲你物色的。」

何成的老婆朱荷，是沙寨最俊俏的娘們之一，生性剛直憨樸，成天瞇瞇帶笑，眼窩鼻凹間的幾點雀兒斑，粒粒都會動，映著一嘴細緻的白牙，滿撩人的。何成爲了證實他沒打謊，特意把她從堂客席上拉過來，向程家樓敬了一大杯酒。

「大哥，我可沒誑你，讓你弟妹自己說。」

「何成說的是真話，我對他提了好幾回了！」朱荷說：「其實，像大哥您這樣的一表人才，早該成家啦！前些年，您在外當差吃糧，沒法子提，如今回到家根，正是時候呀。」

「我連想都沒敢朝這上頭想，」程家樓笑說：「如今時局混亂，牽腸掛肚的揹上個家累，不是時候啊！」

「您是看扁了女人啦，」朱荷爽笑起來：「有些婦道人家，比男人更行，只怕大哥沒見著罷了。」

「是啊，」程家樓打著哈哈：「等我哪天見著了再說罷。」

「要見還不容易，」朱荷指著堂客席上說：「糧行高大爺新收的乾女兒，姓包，叫包翠紅，人長得有模有樣的，爽氣著哪！」

弄了半天，原來她要撮合的，竟是包家驢店的女老闆包大妮子。程家樓覺得十分好笑，但又不好意思當面笑出來，便推辭說：

「多謝啦，改天再談罷。」

酒席上鬧哄哄的，談這檔子事，原也不太適台，朱荷就笑吟吟的回座去了。程家樓有事掛在心上，也無心吃喜酒耗時辰，菜式還沒上完，他就打算起身離席，回到圩崗的哨棚去，各處巡查一番。

屁股剛離板凳，眼前忽地一亮，原來端著酒杯的包大妮子趕過來，專程向他敬酒來了。程家樓想到朱荷剛剛向他提起的事，不由多看了對方一眼；包大妮子今晚穿得挺艷的，頭髮精心梳過，打了個油鬆軟活的大辮子，敷了粉，也插了鬢花，身上穿著水紅軟緞的襖子，同色紮腳褲，腰扣間捌了一條大紅的汗帕兒。

「哎唷唷，程大爺，沒想到今晚在這兒又遇著了！」她說：「我特意趕過來敬一杯，算是前些日子麻煩您，向您道謝的，我可是先乾為敬哪！」說著，真的仰脖子乾了一杯。

「包姑娘，妳這樣客氣，真叫人難以為情，該說是在下麻煩了妳，理當我敬妳才對，我乾！」程家樓不想再有糾纏，乾了杯就打算走，剛一邁步，鄒胡纏那夥商客就端著杯過來敬酒了。

「嗳，程大爺，我們幾個靠沙寨吃飯的，特意來向您表示敬意來了！」鄒胡纏笑著說：「北街的牌頭不是那麼容易幹的，要不是您一肩挑著，沙寨不會這麼平靖啊！」

「老鄒，您甭拿我尋開心了，自己哥們，肉麻兮兮講這些幹嘛！喝酒，兄弟陪諸位就是！」

為了避免糾纏，程家樓豪快的乾了杯，抱拳拱揖說：

「對不住，諸位哥兒們，兄弟還得去巡查，先走一步，請諸位原諒點兒。」說完話，頭也不回的衝出高家糧行，急著朝北圩樓那邊走去。

勁猛的北風已經停了，天蘊著雪意，高家的鼓樂班子，仍然在吹吹打打，把熱鬧的氣氛帶到大街上來。程家樓卻覺得不怎麼對勁，他自己也說不出如何不對勁，只是以他多少年來的經驗，發現很多突來的事故，都和熱鬧有關，他巴不得三腳兩步趕至圩樓，再帶人去各崗哨巡視一番，只要過了今夜，事情就好辦了。

他離高家糧行不過百十步地，北邊的槍銃聲就乒乒乓乓的響開了。哼！要來的總歸是來了！他心想；這些土匪耳朵長，他們真會湊熱鬧啊！他抽出斜把的短柄獵銃，拚命朝圩樓方向跑過去，半路上，和三個朝回奔的鄉勇碰個正著。

「鬼急慌忙的，跑個什麼勁兒?!」他吼叫說。

「是……是程大爺，不好啦！土匪摸上圩樓，把值更的王小圖子給做掉啦！」一個叫大毛的鄉勇說：「他們從黑裏湧進來啦。」

「土匪圍撲圩垛上的崗哨，打得很兇猛。」另一個叫朱四的說：「他們撲進來的，至少有一百多人。」

「先守住內柵門，」程家樓吩咐說：「趕快響鑼聚眾，我去找堂老爹去！」

程家樓拔腿朝堂老爹宅裏奔，槍聲一響，整條街都驚惶躁亂，尤其是在高家糧行赴宴的賓客，紛紛湧出來，像大群驚了窩的鳥雀，飛得羽毛零落。

聚眾的鑼聲響了，一時究竟能聚攏多少有用的丁壯，誰也不敢講，好在有人及時把內圩的柵門關上了，朱四帶了一撥人頂上去，對來攻的土匪還擊。

程家樓判定土匪來勢洶洶，絕不是少數臨時聚集的鄉勇能抗拒得了的，他非得立即找到堂老爹籌謀對策不可。

他奔到西街堂老爹的宅前時，碰到替堂老爹揹匣槍的槍手小田，一臉惶急的跑上來說：

「程大爺，你來得正好，堂老爹被人打了黑槍，業已找葛老醫生來瞧看了。」

「誰幹的？」

「極可能是槍手徐小柱子，他跑啦！」

程家樓衝進宅院，到了燈火輝煌的大廳，一屋子都默立著，堂老爹躺在一張舖了羊皮的躺椅上，左胸上方開了血窟窿，葛老大夫正在替他清理傷口，包紮止血。

堂老爹看來還算清醒，只是嘴角溢了些血沫，匣槍子彈是從後背射入，左前胸上方貫出，顯然傷了肺葉，這使他呼吸時發出血泡破裂的聲音。

「真是徐小柱子幹的？老爹。」程家樓上前去說。

堂老爹點點頭：

「他是被人收買了，在這種節骨眼兒上動我的手……外面怎樣了？」

「咱們的人還守著內圩柵門。」程家樓說：「老爹，您甭擔心這些，我會去對付的，那個徐小柱子若是犯到我手裏，我非剮了他不可！」

外面的槍聲很密集，殺喊聲，螺角聲，聚眾的鑼聲更響成一片。程家樓無法在惶亂的情況中久待在堂老爹的宅裏，他匆匆交代幾句就辭出來，吆喝十多個槍手，朝北面的柵門那邊頂過去。

這一陣工夫，土匪攻得很急，槍手小田業已帶傷，好在程家樓平時帶鄉勇頗爲得法，沙寨北街的丁勇在遇上遽變時，不管牌頭在不在場，都能夠自己抓了槍上圩崗協助防守，即使負傷帶彩的不少，他們仍能扼住咽喉般的柵門，沒讓土匪衝進來。

「堵是暫時堵住了，」負傷的小田說：「我看情形還是很糟；沙寨有四個門，咱們北街守得緊，土匪會轉撲東街和西街，他們人數多，火力又足，真讓人擔心哪！」

「管不了那麼多了。」程家樓咬牙說：「橫直是拚命的事兒，能堵多久算多久！」

「我怎麼想，都覺得是高家糧行這場喜事引來的災害，這裏頭大有文章，」小田說：「程大爺，你不覺得嗎？土匪早不來，晚不來，偏揀這天來，他們耳朵真長啊！」

「高老爹是本地富戶，不可能勾引土匪的，」程家樓說：「但他們這場喜事，實在辦得太舖張，太招搖了，土匪不是沒長耳朵，焉得不知？如今講這些也沒有用了，咱們頂上去再說罷！」

子彈像啞蟬般的嘶叫著，程家樓掖起袍角，率著槍手搶到柵門邊，爬木梯，上房頂，和原先苦守的鄉丁會合。

土匪攻撲柵門已有半個時辰，他們也分別爬上民房的房頂，朝裏面開火，又堆放乾柴，打算焚燒柵門左近的房舍，好在柵門左近都是磚牆瓦頂的房子，好些火把扔在瓦面上，都被鄉丁掃了下去，一時尚未引起火災。

程家樓一上房頂，頓時感到對方槍火的壓力，內圩沒有築堡，人伏在瓦櫳上毫無掩護，對於火銃的噴砂，還可藉瓦面聊避，對洋槍子彈，那可就根本無法抵擋了。不過，程家樓毫不氣餒，因爲土匪伏身在柵門外的草屋上，情形更糟，他們非但得不到掩護，還得要冒著被火燒的危險。

「咱們伏身的房舍，比對面的房舍要高。」程家樓說，「挺住，瞄準，放一槍就讓他們倒一個，他們撐不了太久的。」

說著，他自己領頭開了三槍，撂倒了兩個土匪，把危急的局面穩了下來，但這只是北近柵門一地的相持，土匪早就分成若干股，分從東西兩個柵門展開攻撲，西柵門緊鄰堂老爹住宅，長牆高圍，外面地勢低窪，接著池沼，土匪一時沒能突破，但東柵門設防不嚴，丁勇單薄，趙二花皮、宋四扁擔大股，很快就推倒一戶人家的土牆，衝了進來。

黑夜裏，沙寨裏裏外外都是槍銃聲，螺角聲，殺喊聲和狂燒的大火，鄉勇和土匪在街巷之間分別的亂戰。程家樓一看光景不對了，急忙帶著部份槍手，奔回堂老爹的住宅，又召聚一些零散奔來的鄉勇，打開西柵門，護著奄奄一息的堂老爹退出寨子。

「只要留得一口氣，我會找他們討回這筆債的，」他說：「我不忍眼看大夥都耗死在街巷裏。」

「土匪不可能久佔沙寨，他們搶掠完了，很快就會退走的。」有人這樣說著。

堂老爹口吐血沫子不能言語，但淚水卻不斷突眶而出，沙寨這回失陷，太出他的意料了。

更出乎人意料的，還在後頭呢。

這回土匪攻開沙寨，竟然盤紮下來，逐家逐戶的窮搜細刮，吃喝玩樂，不打算走了。趙二花皮把地方保甲和士紳拘來，對他們說：

「大夥都是本鄉本土的人，何必開口土匪，閉口強盜，弄得多傷感情，咱們只要送一筆錢，去北洋將軍那兒去領個番號，不也就是領餉吃糧的正點子嗎？諸位如其不信，再過幾天我就是駐軍團長啦！」

二花皮說的可是真話，沒幾天，番號真的領到了，扯布做旗子、做軍裝，全是沙寨布莊出的料子，二花皮沒付一文，只說：抵稅好了！這可就是有番號和沒番號的區別，沒番號的叫搶奪，有番號的可以列出名堂來硬敲。

敲是敲得人骨髓作痛，但趙二花皮卻沒有亂殺人，非但沒亂殺人，還叫鄒胡纏把南街的何成找出來，要他把寨裏戲班子儘力攏一攏，爲他們打開沙寨慶祝一番。

「亂世亂局嘛，用不著大驚小怪，現如今還在大新年裏，咱們都樂它一樂，豈不是很好嗎？——有我趙某人駐沙寨，我保證再沒人來搶這兒了。」

何成被弄得哭笑不得，只有點頭答應的份兒。

「你要是有機會，不妨捎個信給程家樓，要他放心大膽的把他拉出去的人槍都帶回來。」趙二花皮腿敲在桌面上搖晃著：「我說了，我絕不爲難他，還送他一個營長幹，在沙寨，他算是一條漢子。」

「我想，我會把話傳到的，」何成說：「他那脾性我是曉得的，他不會稀罕你給他的那個『營長』。」

「不要緊，」趙二花皮說：「他若真有本事，再把我打出沙寨也行。對啦，這裏有大洋一百，封妥了的，堂老爹若還活著，算我送的治傷費，若是死了，我送他一口棺材本。我雖是『土』字號出身，這點人情味還是有的。」

沙寨的住戶知道了這件事，暗中恨得牙癢，背地裏議論說：

「它娘的，趙二花皮真會耍，領了什麼個鳥番號，立刻就反客爲主起來了。一百大洋送到西鄉，氣也會把堂老爹給氣死！」

這種怪事，是沙寨多少年來從沒遇上的：分明是一夥烏合之眾的土匪，乘虛撲佔了沙寨，轉眼間就變成有番號的北洋官兵，朱四扁擔、鄒胡纏、包大妮子都當上了營長，他們在酒館裏大模大樣的猜拳行令吃老酒，把怎樣謀奪沙寨的秘密，全都抖露出來，拿當笑話講。

「它娘的，范小跳是拉縴的，你們全沒猜著罷！」趙二花皮就這麼赤裸的講開了：「那個猴崽子，真是機伶得很，出的點子倒很不少呢！高大嚼吧娶兒媳，雇的那頂花轎，就是他出點子買通了的，轎底夾層裏，藏的有匣槍和子彈，他和鄒胡纏，糾合七八個做內應的，幫了不少忙，要不然，東柵門還闖不開呢。」

范小跳還不止於扮演拉縴的角色，糧行少東娶媳婦，還沒進洞房，外面就乒乒乓乓的打起來了，小羊角嚇得翻逃掉了，包大妮子陪著新娘，回洞房收拾細軟準備逃避，正好遇上范小跳帶著人槍出來，包大妮子靈機一動，就把新娘子推給范小跳，讓他用新娘子做人質，名爲保護，實是好替趙二花皮做內應。

范小跳利用新娘，逼降了東柵門的鄉丁，把土匪放進來。當夜沙寨打得熱火滔天，范小跳卻拖著新娘子，到關帝廟旁邊一家小舖裏客串了新郎。

這種事，若是發生在平時，高大嚼吧一定會把范小跳的腦袋切掉，但土匪佔了沙寨，范小跳在鄒胡纏的營裏當了隊長，高大嚼吧花費不貲娶來的兒媳，只有讓范小跳白撿了便宜。而那個新娘子，羞憤萬分，投塘死掉了。

留在沙寨的居民，雖然都深恨土匪如此橫行，但最恨的就是吃裏扒外的范小跳，他們背地裏商議，只要找到機會，一定要把這個禽獸放倒。不單沙寨的人恨他入骨，盧家老莊的盧老爹，也發誓要活剝他的皮。

范小跳起先還不以爲意，照樣帶著兩個槍手，在街上搖膀子晃盪，好像認定沙寨沒人敢動他了。

何成率著票房在關帝王廟演戲的夜晚，范小跳也叼著煙捲跑去看戲，遇到西街殺牛的朱大貴的閨女，毛手毛腳犯了老毛病，閨女情急叫爹，朱大貴怒了，回去摸了牛耳尖刀，跑來找范小跳拚命，范小跳揚起匣槍恐嚇，朱大貴飛上去一腳就把匣槍踢飛，緊跟著舞刀殺將過去，范小跳左右都去看熱鬧去了，他只好另抄一張圓凳子遮攔格架，朱大貴孔武有力，打得范小跳只有撒腿奔跑的份兒。

朱大貴跟在後面喊叫說：

「范小跳，你這個吃裏扒外的小雜種，甭以爲當上什麼個狗隊長，就敢在沙寨橫行，老子今夜豁著老命不要，也要把你這小子開腸破肚！」

有了朱大貴這麼領頭一吼，沙寨眾多的人都跟著潑吼起來，紛紛抄起傢伙跟著圍殺，在場看戲的土匪雖然都有槍枝，也不敢亂放，鄒胡纏急著找趙二花皮，求他阻止這件事。

趙二花皮笑說：

「眾怒難犯，這是范小跳自找的，他既在你的營裏，他犯錯，你就該處分他，這樣，咱們才能在沙寨混下去。這……你該懂的。」

「您既然這樣說，死活只好看他的造化了。」

范小跳在池沼邊奔跑，追趕的人多，眼看跑不掉了，他噗通一聲，跳進池塘泅水逃命去了。

二天，鄒胡纏跑去對街坊的人說：范小跳行爲不檢，開罪街坊，他已決定把他除名，另委人當隊長了，而范小跳那夜逃出沙寨，一直沒敢再回來。

從范小跳被沙寨人逐出這件事看來，趙二花皮這股子土匪，也沒什麼了不得的伎倆，並非是紅眉綠眼的煞神。被他們突襲逐離沙寨的鄉團，由程家樓領著，仍在西鄉活動，隨時可能打回來。

趙二花皮原先在鄉角落幹土匪，沒有瞧得起他的人，如今用掠得的錢財買了番號，上了檯面，好歹是「長」字號的人物了，他就盼凡事過得去，不必開罪當地的人，日後進退靈活，若爲包庇一個范小跳和當地居民鬧翻，那可大大的划不來。

至於鄒胡纏，更懂得見風轉舵，兩面討好。他原來就是糧商，和沙寨的住戶比較熟悉，又和何成是叩頭換帖的把兄弟，出面說話當然有方便之處。鄒胡纏相貌粗陋，做人卻有他機靈圓潤的地方，很會抬著人耍，他說動趙二花皮，在沙寨另委保甲，另選寨主，硬是把拜弟何成舉上新的寨主寶座，何成感激之餘，對當地「駐軍」的糧草供應，當然更會盡力張羅了。

「人生在世一台戲，」鄒胡纏開口閉口都這麼說：「咱們這股有番號、沒糧餉的雜牌隊伍，不靠當地鄉親民眾幫襯，又怎能混得下去呢？咱們唱戲，諸位都是幫場的，講句老實話，如今南北交兵，不管南勝北勝，都得用人。咱們團聚些槍枝人頭在手上，就是籌碼，沒籌碼，根本上不了檯面，日後有了發達，佔上水陸大碼頭，不會騷擾沙寨的，他程家樓老哥，不必斤斤計較啊！」

鄒胡纏這套軟功，雖不至於使沙寨的人全信，最少，街坊上對他不會有什麼惡感，覺得他還懂得些情理，沒有仗勢欺人。但避到西鄉去的程家樓全不理會他這一套，特別託人轉告沙寨的老街坊們，不要輕信姓鄒的話，無論如何，他丟開販糧，和土匪混成一夥，反而到沙寨來挖根刨底，這傢伙再會施軟功，耍嘴皮兒，總非善類，目前他聳著肩，攤開手，想在沙寨穩住局面，誰知日後他會耍出什麼惡毒的花樣？

在沙寨住戶的眼裏，鄒胡纏並不那麼可怕，他經常披著皮袍兒，到何成宅子裏去喝酒打牌，和一些帶有江湖味的漢子們閒聊瞎聒，夜晚不是坐票房，聽聽清唱，就是去茶樓聽說書，他和沙寨的住戶都很客氣，談笑中帶點兒懶散的味道。

「人嘛，誰不想朝高處混混。」他對誰說話，總帶些訴苦的味道：「但我自知不是那個料！說粗，我幹不了拚命三郎；說細，我肚裏沒幾滴墨水，裝不出斯文；我只是個不入流的土混混，今天弄個營長名目，也算因緣際會，也許三天兩日就下台鞠躬了，我得替自己留條退路啊！」

由於遠方消息傳來，說是北洋軍連吃敗仗，被打得丟盔卸甲，有人以爲鄒胡纏的消沉，並不是裝出來的。正好在這時刻，趙二花皮接到上頭的命令，叫他酌留守備，立即準備開拔赴援。大家更相信，這幫土匪硬是偷雞不著蝕把米，也許真是一拉上火線就垮了。

趙二花皮弄假成真，不得不硬著頭皮，帶領宋四扁擔和包大妮子兩個營出征，把和沙寨相處得不錯的鄒胡纏留下來，責令由他催糧催草，負責補給。

「上頭這些將軍帥爺們，只知道嘴上抹石灰，白說，他們不發糧餉，不發子彈費，咱們像沒翅膀的小雞，怎能去和老鷹對打？」趙二花皮說：「我這只是裝出奉令的模樣，把隊伍拉出去兜圈子，推大磨，等到一圈子推完，局勢又不知起了多少的變化，那時刻，上頭業已自身難保了，哪還有閒工夫來追究咱們這些雜牌貨？……我沒有旁的能耐，唯獨對『混』字深得訣竅，你替我守好沙寨，我就沒有後顧之憂啦。」

「這您儘管放心罷，」鄒胡纏拍拍胸脯說：「在沙寨，兄弟自信還團得攏的。」

趙二花皮一走，在沙寨，鄒胡纏變成了頭號人物，他把他的營部移進堂老爹的宅子裏，四周嚴加防守，一面又託何成送信給程家樓，再次表示修好，希望程家樓帶著鄉團回寨，讓他代替堂老爹，照幹鄉團的統領，彼此之間，井水不犯河水。

何成把信帶去，撲了一個空，原來程家樓憤於北洋軍包庇土匪，率著鄉團投奔南方的革命軍去了。

「這好，你們一南一北，注定對上了！」何成說：「這個彎子，我這做兄弟的拉不直呀！」

「不要緊，」鄒胡纏說：「我是個識時務的人，到時候，受招撫，改番號，一樣有得混的。我只是想跟程大爺了一了私人的過節，請他不要爲沙寨失陷的事，懷恨到我的頭上，那可全是趙二花皮的主意。」

「這沒什麼大不了。」何成說：「程大哥可不是蠻不講理的人，你進沙寨沒曾殺人放火，跟他並沒私人過節可言，咱們留在沙寨的住戶，也沒人講你有什麼不是，你不必擔心這個，只要到時候你不替北洋軍賣命，旁的就好說了。」

鄒胡纏人在風頭上，居然肯這麼低聲下氣，曲意向沙寨的人討好賣乖，當地的住戶倒反而感激起來，有人認爲，如果鄒胡纏不駐紮沙寨，換駐另一股北洋隊伍，沙寨也許受害很深。換句話說，鄒胡纏和沙寨有著老關係，有他在，反而保護了沙寨。當然，由鄒胡纏扶立起來的拜弟何成，就帶著頭這麼講。

趙二花皮把隊伍拉出去打轉，先紮在老金城鎮，後紮在老宋集，鄒胡纏確實夥著何成，徵糧徵草，大老遠的運補，過不久，趙二花皮的手下，因爲和北洋另一股雜牌隊伍爭收河口厘卡稅，發生利害衝突，在雲渡對陣廝殺起來。趙二花皮率著他的烏合之眾，擺成一座烏鴉陣，吃對方馬隊一衝，就散了板。

他和宋四扁擔兩個，金命水命不要命，忙不迭的奪路奔逃。包大妮子那一股，反被圍陷在戰陣當中，反覆衝突，想求兔脫，雙方纏鬥了兩個時辰，包大妮子手底下的百十多人，連死帶傷去了一半，包大妮子本人，也被槍彈打折了臂膀，她恨趙二花皮和朱四扁擔兩個沒膽老鼠，硬把她這股人遺棄不顧，發誓在突圍之後，領著殘部回家，不再跟他們結夥窮混了。算是她的運氣好，當時天色入暝，又起了夜霧，包大妮子總算收拾殘眾突了圍，數數人頭，只落下二十多人，賭氣拉回包家驢店去了。

吃了敗仗的趙二花皮，實力損耗不少，好不容易把被衝散的隊拉聚起來，對方卻不容他喘息，圍上來再打，二花皮的屬下新敗之餘，毫無鬥志，宋四扁擔那股，全被對方吃掉，他手邊僅剩下七十多人，只好退往沙寨，想拿鄒胡纏那股人做老本，重新再賭。

誰知鄒胡纏耳目靈通，早已探聽出二花皮敗走雲渡的消息，更打聽到和二花皮對陣的，是北洋新編的混成旅，雜牌同樣是雜牌，實力卻遠非二花皮能比的。他立即跟何成商議說：

「不是我姓鄒的不念舊情，我辛辛苦苦出來混世，可不願被趙二花皮硬拖下水。你若是願意幫襯我，不妨以地方士紳的名義，向混成旅王旅長陳情，就說：沙寨民團集眾自保，不容趙二花皮入寨，請求王旅不來騷擾。其實，我這個營，也就是沙寨的鄉團，不必再和趙二花皮捻合在一起了。」

他這麼一說，何成當然願意，很快便和混成旅取得連絡，於是乎，鄒胡纏翻臉不認人，硬把趙二花皮擋在圩崗外面，叫人捎信去，說是沙寨居民不願得罪混成旅的人，怕受牽累，讓趙老大暫時委屈些，還是遠走高飛爲妙。

鄒胡纏的話不是沒有道理，二花皮也無可奈何，只好帶著他那批殘眾，亡命到僻角去了。

沙寨有個徐老塾師，曾經和人講過鄒胡纏這種人，說他最適合亂世蹚渾水。他沒稜沒角，使人摸他不透。他圓得能就地打滾，當然扳不倒他。他笑著臉軟吃沙寨的錢糧，對待尊卑長幼有不同的樣兒，從來不失禮數。他還託人替回家療傷的包大妮子送錢送藥，勸她東山再起。趙二花皮失散的舊部跑來投奔他，他招待酒飯，捧出盤川，勸他們仍然去投效二花皮；並且一再聲稱，他絕不在人危急的時刻落井下石，等混成旅一開走，二花皮仍然回來當他的老大。

「哼！這個人，很不簡單。」徐老塾師搖晃著腦袋：「再看他縮著頭笑得嗨嗨的，他心裏究竟在想什麼，誰知道來？」

有人把話傳給鄒胡纏，鄒胡纏了不介意的笑說：

「徐老爹唸經書的人，摸不著孔子的屁股，倒摸起鄒某人的腦袋來了？我又不想到他家招贅，琢磨我幹什麼?!能長學問麼？」

一個糧商，幹土匪，變成北洋官兒，卻扮演插科打諢的丑角，連他的拜弟何成也搞迷糊了，問他這台戲他究竟演的是什麼角兒？鄒胡纏笑說：

「四不像：只不過在沙寨，咱兄弟倆，一文一武的角色是演定了。」

日子過得快，寒冬過去，轉眼就春暖花開，這兩三個月裏，外面的局勢變化得太快了。北洋的幾個赫赫有名的大帥，在前線大敗虧輸，一路朝北潰逃，白天黑夜，四處都是潰兵，只是沙寨地處僻角，還沒受到嚴重的騷擾罷了。

緊接著，有人傳告，說是革命軍的先頭部隊，業已到了鄰縣的縣城，程家樓程大爺也在裏面做了連長。

「程大哥算是走對了路了，」何成感慨說：「替咱們沙寨爭了臉面。」

「程家樓要是有點兒腦筋，他還應該感激我呢！」鄒胡纏笑著說：「若不是趙二花皮夥著我打下沙寨，把他逼急了，他怎麼會帶著人槍，跑到南方去找出路呢？」

「我得抽空去看望看望他，」何成說：「程大哥是條好漢子，我一向敬服他，日後在沙寨，還得靠著他撐持局面呢！」

「是啊！」鄒胡纏說：「他回來，我也該捲行李了！」

「那倒不必，程大哥不會計較你的，」何成說：「大不了，你脫去北洋軍裝，再做你的生意。」

「若能這樣，我哪還有二話好說？」鄒胡纏說：「你要抽空進城，拜望程大哥，不妨把我的意思表明……我這些人槍，願意聽命收編，或是還給沙寨，當成自衛隊，我本人願意請長假，不再幹了，這總成了罷！」

「好，」何成說：「我一定把你的話給帶到就是。」

何成辦事辦得挺快當，去了一趟縣城回來，就把程家樓向上級請到的收編令給帶回來了，指定限期，要鄒胡纏取消北洋番號，集合隊伍，接受革命軍派來的代表收編。

到那天，鄒胡纏乖乖的把他那夥歪人爛槍集合在關帝廟前，革命軍派來的代表就是程家樓。他把這股人改爲沙寨自衛隊，著令何成兼任隊長。鄒胡纏呈請請長假的報告，程家樓批了個照准，彼此都笑嘻嘻的，半句傷感情的話也沒說。

末後，程家樓做東，請了鄒何二人上館，提到一些過去的事，也都盪了幾個哈哈了事。

「亂世變化多，我也見慣了。」程家樓說：「人嘛，只要心腸不太壞，就不至於走上絕路的。鄒兄在沙寨這段日子，並沒作威作福魚肉老住戶，我耳風也刮著了！這回轉行做你的老本生意，不是也滿好的嗎？」

「是啊是啊，」鄒胡纏忙不迭的說：「其實，我一直是個生意人，在當時，趙二花皮勢大，逼著我夥上一股兒，我惹不起他們。」

「過去的甭提了，」程家樓說：「沙寨還是老樣子，不會排擠你這老客人的。」

收編的事辦完，程家樓就回部隊去了，鄒胡纏和何成兩個，興高采烈的又喝了一場酒。

「我說老弟，我請假，由你幹，你幹和我幹有什麼兩樣嘛？」鄒胡纏說：「日後世道平靖了，自衛隊空有個名目而已，還不是聚在一起喝酒票戲。」

「是啊，你已佔過沙寨一次，不會有第二回了。」

「我哪敢啊，」鄒胡纏縮頭說：「能玩掉腦袋的事，回頭越想越怕呢。」

鄒胡纏說得很實在，他湊些錢，買幾匹牲口，又幹起他販糧的行當來，做得規規矩矩的；賭錢玩樂，他只略沾一點邊；有時還規勸何成，不要太迷票戲，流連著賭和酒，務本還是挺要緊的。

何成的娘子朱荷，對鄒胡纏倒是另眼相看，常勸何成跟鄒大哥學著點兒，人家也是混世的人，凡事都不過分，她說：

「你甭忘記，沙寨始終是沙家族人的寨子，你一個小門小戶的外姓人，甭讓什麼鄉長隊長的名銜把自己弄迷糊了，那只是過眼雲煙啊！你靠的，還是這爿香燭鋪兒，經紀生財過日子，你如今整天閒晃蕩，不能單把舖子交我一個人料理，眼看都要關門歇業啦！」

「當然我來料理嘍。」何成說：「我天生不是什麼鄉長隊長的料子，程大哥偏要讓我暫時幹著，怎麼辦呢？」

「你進城去跟他說，你要辭職，他自會另想辦法的，」朱荷說：「沙寨總要有人出頭管事呀。」

何成還沒進城，一小隊革命軍業已把沙奇堂老爹送回沙寨來了。堂老爹上回挨了一槍，如今變得肩膀僵硬，脖子有點兒歪，不過，精氣神都還和當初一樣健旺，他隨身帶來新的派令，召何成來辦理移交。

「老爹您早回早好，」何成說：「沙寨沒有您，簡直不像沙寨啦。」

「那也未必，」堂老爹說：「這些時，你和鄒胡纏兩個，一文一武，不是也撐住檯面了嗎？聽說鄒胡纏還留在寨裏，做他的老買賣啊？」

「是啊，」何成說：「他心裏實在，才敢留下來。」

「他心是實在的，咱們被土匪逼出去的，心該是虛的嘍？」堂老爹說：「你把鄒胡纏找來，我有話跟他說。」

堂老爹臉帶憤怒的神色，說這話時，口氣也不太好，何成出去找到鄒胡纏，把這事惶恐的說了，關照對方千萬要小心。鄒胡纏卻笑說：「你放心，絕不會有事，那老頭的脾氣，我清楚得很啦。」說著，他就搖搖晃晃的到堂老爹宅子裏去了。

堂老爹果真有些氣惱，冷嘲熱諷的羞辱了鄒胡纏一頓，怪對方不該夥著土匪佔沙寨，怪對方不該用他的宅子當營部，鄒胡纏除了伏地叩頭，一句也沒辯過。堂老爹罵到自己也覺沒有意思了，才叫他起來。

「想在亂世做人王，自己也該惦惦有沒有那分量，沐猴而冠，混不長久的。」堂老爹最後說：「如今你留在沙寨，是不是還想攢著機會勾結土匪，再來上一回呢？」

「對天發誓，老爹，上回我是被逼的。」鄒胡纏說：「上回我已對程家樓大哥說過，得他諒解，我才敢留下來的。」

「好吧，」堂老爹說：「白紙黑字，替我寫份切結來，你若動一點歪腦筋，我自會切掉你的腦袋。」

天翻地覆的一場變動，就像鬧台戲般的落了幕，沙寨的人紛紛回來，各安生理，再沒人用異樣的眼光去看鄒胡纏，對他能屈能伸，還有人大加稱讚哩。

那年夏天，何成夥著香燭舖小夥計，騎了兩匹騾子，外帶一匹載貨的驢子，進城去買製香燭的材料。平素沙寨的人進城辦貨，多半是兩天來回，但何成這一去，過了五天都還沒有消息。朱荷心裏著慌了，到附近去找鄒胡纏，商量該怎麼辦才好？

「這個老弟也真是，勸也勸不動他那浪蕩脾氣，」鄒胡纏關切的說：「城裏是個酒色財氣的地方，他會不會在哪兒沾上惹上了？」

「不會的，」朱荷說：「他每回進城，多則三天，少則兩日，從沒耽擱這麼久過。」

「城裏人多地方大，就算我備牲口跑一趟，也未必能找得到他啊。」

「滿素吉、金堂，幾個大的香燭號，和何成有往來，他若去縣城，定會和那幾家連繫的，您去一問，就問得出來了。」

「若是這樣，我就備牲口跑一趟罷，」鄒胡纏說：「何成是我的好兄弟，我可不願他出什麼岔子。弟妹妳放心，如今革命事業已穩住大局，四鄉算很平靖，何成除開流連酒色，是不會出事的。」

「這個死鬼，讓人擔心死了！」朱荷罵說：「回來若沒有個明白的交代，我叫他去睡鋪裏的櫃台，絕不讓他進屋！」

鄒胡纏去了一趟縣城，二天回來有些氣急敗壞，跑去香燭舖，對朱荷說：

「事情不妙了，城裏幾家香燭號，我全跑過，他們都說沒見何成來過，那就是說，他根本沒去過縣城，奇怪，他會到哪兒去了呢？」

究竟會到哪兒去？卻不是朱荷這個年輕的婦道人家能摸得透的。兩個大男人，三匹牲口，可不是繡花針吶，他會不會在半途上遇上攔路截財的，人畜都叫擄走了呢？她問鄒胡纏，鄒胡纏也不敢說不會中途出岔。

「我看，這事妳得要稟告堂老爹了，」鄒胡纏認真說：「如今，他是沙寨管事的，可以多差人手，分頭去找啊！」

朱荷急得淚漣漣的，跑去稟告堂老爹，堂老爹也以為事不尋常，立即召聚了自衛隊的十多個人手，分別騎牲口，沿著官道兩旁去尋找。

盛夏裏，四野青禾漫過人頭，他們沿途詢問野店和茶棚子，也問過渡口擺渡的、賣瓜的、賣涼粉的，有人說好像見過，有人說似乎沒見過，總是沒什麼結果。最後，他們又找到縣城，把客棧問遍了，都說沒見到。堂老爹的一個徒弟，把這事告訴了駐紮在城裏的程家樓。

「有人神秘失蹤，可是件大案子。」程家樓說：「這一帶，可是咱們營裏的防區，甭說何成是我的好兄弟，無論是誰，我都得管吶。」

程家樓自己帶著馬班，把官道附近的集鎮都找遍了，沒有就是沒有。

程家樓是個極精敏的人，他詢問過各集鎮管事的人，問他們附近還有沒有搶劫偷盜的案子發生過？有什麼樣可疑的人物？因為他發現，這可能是一宗攔路劫財的案子，說得嚴重點兒，謀財害命都說不定。

他到沙寨去拜見堂老爹，說出他心底所疑慮的。

「您老人家知道的，這一帶算是荒蠻野地，」他說：「多少年來，作奸犯科的都把它當成藏身的地方，目前，革命軍雖初初拿下了縣城，一時還談不上綏靖四鄉，伏莽劫奪的案子，不能說它沒有。假如沒生意外，何成沒道理這麼多天不回來的。」

「我也爲他著急啊，」堂老爹說：「朱荷整天啼哭，飲食不進，我著人把她媽接來陪著她。我這邊先後出動三四撥人，到沿途村落去查訪，總希望能找出點蛛絲馬跡，這案子不破，我對地方不好交代啊。」

堂老爹這邊，有一撥人問到一個放牛的孩子，形容失蹤人的樣子，那孩子一口咬定看到過，說他們曾走過莊頭的蘆柴汪塘，那兒離沙寨十二里地。

「雖是孩子說的，總不失爲一條線索。」堂老爹說：「至少是證實他們在經過那兒時，人畜都還好端端的沒出岔事，朝後再查，該從那兒查起。」

「有一絲跡象總是好的。」程家樓說：「辦這類沒頭沒腦的案子，得要仔細推想，往往得一點靈機，就能破得了案呢。」

他們三番五次找人無著，但等過了伏天，一場大雨之後，何成和小夥計的兩具屍體，終於被人發現了。離蘆塘三里的頭道溝子，是埋屍的地點。兩個人都是被人用鈍器重擊後腦打死的，全身別無傷痕。兇手把他們頭朝下，腳朝上，挖坑深埋在溝崖草叢裏，如果不是大雨沖刷，崖壁崩塌，露出他們的腳，那還不知拖到哪年哪月，才會被人發現呢。

暑天地上熱，地下陰涼，這兩具屍體雖已死去經月，略有腐敗，但還能清楚的辨認出來。堂老爹和程家樓得訊，都親自趕到現場，也在附近勘察過，由於時日拖得久，雨水又曾幾次沖刷，已經找不到任何痕跡，至於他們所帶的三匹牲口和數量不少的進貨款項，當然都落入兇徒之手了。

「謀財害命，毀屍滅跡，這案子是做定了。」堂老爹說：「家樓，你一向很有腦筋，對這案子，你有什麼看法呢？」

「嗯，」程家樓沉吟著：「兇手不止是一個人，但兇手手段殘忍，腦筋卻是夠笨的。老爹，你想想看，錢財上面沒寫張三李四，但三匹牲口卻是許多人認得的，他們劫去牲口，就算牽出賣掉，牲口還在，終有被人認出的時刻，循線追查，緝獲他們的機會很大啊。」

「嗯，但願老天有眼啊！」堂老爹看著那兩具蓋著草蓆的屍體，沉重的說。

這當口，匆忙披了孝的朱荷，由鄒胡纏陪著趕了來，草蓆掀開一角，朱荷一眼認出丈夫，便伏身撲過去悲聲號啕起來，鄒胡纏不便拉扯力勸，急得乾搓著手。

「這簡直是沒來由的事，」他湊過去對堂老爹說：「三匹牲口，一點兒貨金，不算值價，怎麼會害掉兩條命呢？這兇手也真太貪婪啦。」

朱荷天長地短的哭得沒完沒了，堂老爹心煩，也沒搭理鄒胡纏的話，趕急催促手下人，先把屍體運回沙寨，籌備落葬。

「何成是個沒心機的好人，實在不該遭上這等橫禍的，」等何成入土後，堂老爹仍然耿耿於懷說：「咱們不能因爲他入土安葬，就不再盡力追查，讓兇手逍遙法外。當時他的家眷悲傷過度，不好問她，如今有些事，還得要找她問清楚，案子才好辦下去呀！」

堂老爹要問的重點，落在那三匹牲口上，朱荷對自家飼養的牲口當然熟悉，她指出，何成所騎的那匹黑騾子，是在蔣壩買的，小夥計騎的黑疊叉灰騾子，是桑家堡桑四爺家灰驢配的種，業已老得脊骨發硬了。至於那匹青驢，是她娘家二叔送的，平常進磨坊，偶爾出門去馱貨。這幾匹牲口，她都能一眼認得出來。

朱荷講的這些，堂老爹都叫人留了詳細的筆錄，預備分抄給查案的人，日後好在四鄉八鎮留意查訪，只要有一匹牲口出現，案子的線索就會明朗了。

沙寨人丁不少，但死了個何成，許多人都覺得缺了些什麼，香燭舖仍然由朱荷掌理，照樣做著生意，而原先熱鬧的平劇票房，幾乎停頓了。程家樓在縣城駐紮不久，就奉命調到北方的前線去了。

堂老爹繼續追查這宗命案，卻並沒有任何發現。上年紀的人，最怕心裏鬱，這麼一鬱，就鬱出病來了。他在病中夢見滿身是血的何成，走到他的榻前，倒身叩頭，大聲哭訴著，要老爹替他做主伸冤。這種夢境，只有使他醒後更加煩惱。

朱荷是個最有耐性的婦人，她到北街廟裏去上香，在神前起誓；只要有口氣在，她定要找到殺害她丈夫和店夥的兇手，爲他們報仇。她把丈夫的靈位設在舖裏，早晚燒香禱告，要做丈夫的有靈，托夢給她，給她一點幽冥的暗示，好讓她早點覓得仇人。

但不論堂老爹如何費心查案，朱荷如何決心報仇，這案子仍然毫無頭緒，見不著端倪，一點兒也不像坊本小說裏形容的什麼：冤魂托夢嘍，兇手瘋魔有鬼附身嘍，她只能懷著恨，讓日子在她眼前飄漾飄漾的溜走。

轉眼又到了冬天啦。

爲了這命案懸得太久，堂老爹心情頗不開朗，但年總是要過的，酬神的戲照例總得要唱的，票房裏缺了個唱旦角的何成，使安排戲碼很費周章，找誰出來管這些呢？堂老爹不得不召鄒胡纏來商議了。

「我說，胡纏哪，你平素也熱中票戲的，各處人頭又熟悉，今年的票房，我看只有麻煩你出頭帶領啦。早點排完戲碼，也好早排練啊。」

「老爹您吩咐的事，晚輩絕不敢推托。」鄒胡纏恭敬的說：「不過，何成常演的角色，沙寨還沒有人能頂得下來呢。」

「那就花錢出去請。」堂老爹說：「總之，戲要演，就得像個樣子。」

「票房原設在何家香燭舖的。」鄒胡纏說：「如今，弟妹新寡，要是還在她那兒排戲，恐怕會使她觸景傷情，加上敲鑼打鼓的，吵得她不安。我想更換地方，一時卻又找不到合適的……。」

「你不妨先問朱荷一聲。」堂老爹說：「她要真的不介意，那就留在原地算了，一動不如一靜啊。」

朱荷倒是挺識大體，沙寨許多街坊，爲她丈夫的命案都奔來跑去的盡過力，她不能一家的傷悲，掃了全寨人過年的熱性，何況鄒胡纏是何成的拜兄，何成死後，若干香燭舖的外務，都是他幫著料理的，票房裏的這些票友，也都是何成熟稔的好友，不能因爲漢子一倒下頭，就閉門不納，衝著這些，她親口對堂老爹說過，把票房還設在原地，讓何成在地下也能分一份熱鬧。

鄒胡纏的生意很忙碌，但他對票房的熱心，讓大夥兒都很感佩，花錢請角兒，添置行頭，很多事都是他貼錢辦的，他說：

「堂老爹吩咐，算是給我天大的面子，我哪敢不盡力啊！」

輕描淡寫的一兩句話，說得謙虛得體，不帶半點兒矜誇，分外使人對他產生好感，都覺得鄒胡纏很能安守本份。

年節前後，沙寨本身票房演出的戲，比往年更加精彩，鄒胡纏的努力，把失去何成的缺憾完全補了起來，而且鄰近的集鎮，正懸了高額的花紅采金，請他們移台演出。堂老爹非常高興，特意在宅裏設宴，請鄒胡纏和各票友吃酒。

酒酣耳熱，堂老爹拍拍鄒胡纏的肩膀說：

「胡纏，上回沙寨陷匪，我確實怪過你，後來才明白你是被逼的，如今你在沙寨，做人做事，街坊鄰舍都沒話說，這不能不說你做人做得如份啦。」

「老爹，您這麼誇我，鄒某可就無地自容啦！」鄒胡纏謙笑說：「我和何成是好兄弟，他糊裏糊塗的慘遭橫禍，丟下弟妹一個人，連子息全沒留下。何老弟生前偏愛的就是票戲，這票房可是他的命，即使您老人家不吩咐，晚輩也會扛起來做，讓這票房更熱鬧的。」

「難得你存著這片心。」堂老爹也不禁感嘆起來：「何成若是泉下有知，也會感激你的。」

「哪裏話，這全是做人應該做的嘛。」鄒胡纏說：「不過，弟妹年輕寡居，身邊又沒子息，晚輩又是單身人，照顧上很不方便，所以打算把她老娘接來，幫著料理店舖，平常若有些細瑣的事，晚輩自會差我行裏的小夥計幫著辦，這樣，不會有蜚短流長。」

「好，顧慮得周全。」堂老爹說：「古人說：瓜田不納履，李下不整冠，嫌總是要避的。何況乎何成不是壽終正寢，是身罹橫禍，案子沒了，誰也不能蹚這趟渾水，惹上了，永也洗不乾淨。」

鄒胡纏在這點上做得非常妥切，他著人把朱荷的母親朱大娘接來，長期和寡居的女兒同住，又從自己行裏撥出一個十五六歲的小廝，到香燭鋪去打雜，除了票房定期聚會，操琴吊嗓子之外，他只忙於他運糧的生意，根本不到香燭鋪走動。倒是朱荷和朱大娘母女倆，從內心感念他，經常燒點兒可口的菜餚，要小廝提去送給他。

「若不是鄒大哥幫襯，這爿香燭鋪就很難維持下去了。」朱大娘說：「何成在世的時刻，浪裏浪蕩的，不覺他怎麼樣，他一旦撒手，妳才會覺得，家裏沒有男子漢撐持著，那可就差池多了。」

「這算何成前世修來的，」朱荷說：「早先有程家樓程大哥，如今又有鄒大哥，他們爲朋友盡心，都沒有話說，我也只有心裏感激著罷了。」

「何成這樁無頭案，不但累了鄒大哥，也累了堂老爹和寨裏更多的人。」朱大娘又說：「它一日不破，我們就一日不得心安，難道說，就這樣不了了之嗎？」

「我看不會，」朱荷沈靜的說：「娘，妳不是常講，天道循環，報應不爽麼？善惡到頭終有報，只爭來早與來遲，人不死，總能看得見的。」

不過，單就堂老爹鍥而不捨的查案事實來看，何成這命案破案的機會是很渺茫的，轉眼八九個月過去了，辦案的人手不斷到四處去打探消息，連影子都沒有。堂老爹始終不信那三匹牲口怎會總不出現，那可不是三隻蛤蟆，可以匿到土窟裏去的。

「我認爲，天下沒有那麼笨的賊，」小田說：「也許兇手把牲口都宰殺了，分了賣肉，誰會曉得呢？」

「不可能，」堂老爹搖頭說：「你沒想想，這一帶哪有賣騾肉驢肉的，三匹牲口真殺了賣肉，至少有幾百家吃過，何成命案鬧這麼大，他們能不生疑嗎？」

「那就可能是遠方的盜匪，在這兒做了案，把牲口牽到很遠的地方去了。」另一個說：「當然，這只是胡亂猜測。」

「這倒也有可能。」堂老爹說：「這可是我最不希望發生的。若真是遠地盜匪做的案，在太平年間，各州府縣還可以行文，共同緝捕，如今，仗在打著，各處自顧不暇，哪還管得外地的事？想破案可就難了！……嗯，不過，我想這可能性並不高，還得在當地查訪才是正途。」

大夥兒也分析過，會不會趙二花皮他們星散的黨羽，仍伏匿在附近作祟，也可能是包大妮子的餘眾，知道何成的底細，預謀做案的。但這些土字號的人物，很不得民心，他們即使是一小撮，只要在四鄉一活動，立刻便會有風聲傳出來，他們想找地方銷贓都不容易，若是他們幹的，案子早就該破，不會拖這麼久了。

「我說，老爹，能想的全想過了，能辦的也全辦過了，咱們不能爲這宗案子，把旁的事都擱在一邊不管啊！」小田說：「我看，朝後只能找機會留意它，破不破得了，只有靠天意了。」

朱荷改嫁給鄒胡纏，說來卻是朱大娘的主意。朱大娘先跟堂老爹稟告過，她不願見到女兒兩眼漆黑的苦熬下去，通常，年輕寡婦守節，多半為了撫孤，何成死後，男花女花沒一枝，守到底也是空的。朱大娘心裏，認定女兒要改嫁，最好的對象就是打單的鄒胡纏，鄒的運糧生意做得鼎盛，做人又圓通實在，面貌雖然笨拙，但心思靈敏細密，各方面都要比何成好很多。

朱荷起先不願嫁，朱大娘就一把鼻涕一把淚的，尋死覓活脅迫女兒，朱荷是個孝女，很為這事為難，按理說，鄉下有句俗話：初嫁由父母，再嫁由自身，做母親的不該管這檔子事，而朱大娘偏偏要管，口口聲聲說是為女兒的後半生著想。

「妳年紀還輕著哪，與其守到後來熬不住，不如趁早改嫁，塵埃落定，做娘的也早得安心，鄒大哥那邊，由我託人去關說，我想，他會答應的。」

「娘，這事妳不能逼我，」朱荷兩眼哭得紅紅的說：「何成生前雖有些浪蕩，我們總是恩愛夫妻，妳要我改嫁，行！我並沒標榜自己三貞九烈，也不想豎貞節牌坊，但，妳總得讓我等到何成的命案破了，誅了真兇，讓死鬼在陰世閉了眼，我再除孝改嫁也不晚啊。」

「傻孩子，妳說這話，聽起來句句都合道理，反過來我問妳：假如何成的命案永世不破，妳就爲他守一輩子？娘要死了，兩眼一閉見不著，倒也罷了，娘活著，無論如何也不願見妳這樣苦守下去。妳拗我，就是逼我死啊！」朱大娘就是這麼哭哭啼啼的對女兒絞纏。

朱荷被逼急了說：

「娘，妳逼我改嫁，嫁給誰，也該由我自行挑揀，等挑到中意的再嫁，妳怎麼偏偏要替我做主，逼我嫁給鄒大哥呢？」

「娘活這把年歲了，看人還會看走眼？在沙寨，還有誰能比鄒胡纏可信靠的？」

「妳願意，人家還不一定願意呢！」朱荷本是拿這話軟擋她娘的，誰知朱大娘捏住話柄，緊跟著說：「要是他願意又怎麼說？妳就肯嫁了是不是？」

把女兒逼到語塞了，朱大娘就去找鄒胡纏，直截了當的提出這宗婚事，鄒胡纏卻拒絕了，他說：

「大娘，我早先是混世起家的，道上有道上的規矩：朋友妻不可戲，何況何成是我拜弟，弟妹她年輕無後，我不願見她兩眼漆黑的苦守，也樂於見她改嫁旁人，成雙成對的過日子，但我自己卻從沒朝這頭想過，我若是有這個心，天打雷劈。」

儘管鄒胡纏賭咒發誓的表明心跡，朱大娘還是有她的辦法，她跑去找堂老爹，找高老爹，找了一群拖白鬍子的長輩，讓他們出面去勸鄒胡纏，勸他幫忙幫到底，朱荷是個能幹的婦人，他娶了她，是個好內助。

堂老爹平素古板固執，惟獨對這事，他的心腸又熱又軟，他把鄒胡纏召喚到宅子裏，當面對他說：

「你是單身漢子，她是年輕寡婦，你沒有佔人便宜的心，全寨的人都看得見，信得過的！朱荷她娘要把女兒嫁你，你就娶了朱荷，也沒人會講半句閒話，要我出面做這個媒，我願意出面。」

「老爹，晚輩一向崇敬您老人家，您說旁的，晚輩可從沒敢違拗過，惟獨這宗事，著實……唉！」鄒胡纏期期艾艾的說：「晚輩著實爲難啦。」

「朱大娘心直，嗓門兒又大。」堂老爹說：「這宗事，她已經嚷得全沙寨都知道了，朱荷不願改嫁，拗著點兒，還有她的道理在，你爲難算哪一門子？是她疤麻癩醜噁心人？還是她品德卑下配不上你？……你不答應，對她可是一場羞辱啊！」

「哎喲，無中生有的事，真的難死人了！」鄒胡纏叫起屈來：「她冰霜節烈爲何成守著，不是一宗傳爲美談的事麼？朱大娘是老糊塗了，只求現的，不朝遠處看，把好端端的事，搞得這麼尷尬，我要是一口回絕，朝後根本踏不進香燭舖的門了！」

「我也不願逼你馬上應允。」堂老爹說：「你回去再好生考慮看看。娶年輕寡婦，朝後若能真心善待她，還算是一宗功德事呢。」

鄒胡纏被軟逼得毫無退路，坐到尙禿子茶館長吁短嘆，寨子裏的人都知道是怎麼回事，紛紛過來勸他，尤獨是票房裏的那些票友，也都是何成生前的好友，勸他說：

「胡纏兄，朱荷是個賢德人，只是命薄如紙，遭到這種橫禍，你一向對她照顧，她們母女感念你，大娘才會有這個主意，又不是先存這個心的，如今，寨裏年長德邵的，都願出面玉成，你還有什麼好推托的呢。」

這宗婚事，就是在這種打鴨子上架的情況下被促成的。擇吉成禮那天，談不上什麼排場：鄒胡纏滿臉鬱鬱的神色，新娘子眼裏還漾著淚光，氣氛有點兒異樣，諸親好友也覺察到這一點，在喜宴上，就拚命的喝酒划拳添熱鬧，希望藉此把它掩蓋過去，一旦生米成了熟飯，什麼事都不會有啦。

婚後的夫妻倒是挺恩愛的，朱大娘更樂得眉笑眼開，把何成命案都推到一邊，絕口不談它了。但朱荷嘴上不說，心裏卻梗著這件事，她是到何成墓前，拜墳除孝，才改嫁給鄒胡纏的，在何成的墳頭上，她雙掌拍地，泣不成聲，發誓要破這宗案子，替亡夫報仇。寨裏的人知道她有這個心，但總認爲以堂老爹差了這許多人手都無法破案，她強煞也只是個婦道人家，改嫁都改嫁了，說也只是說說，她哪有那份能耐憑自力破案啊！

轉眼又臨到盛夏，新的米糧上市的時刻了，鄒胡纏行裏的事忙，經常趕著馱載牲口進城，香燭舖有夥計守著，朱荷比較得閒，逢著菩薩生日，廟裏起廟會，朱大娘是個燒香拜佛敬菩薩的人，要女兒陪她一道進廟燒香去。朱荷懷有心事，也想乘機去神前禮拜祝禱。

廟會附近人潮紛湧，設攤買賣的，搭台演戲的，打場子耍把式，叫嚷著拉洋片的，應有盡有，在沙寨，廟會的日子，可算是一等一的熱鬧了。朱大娘倒是有心逛逛瞧瞧，做女兒卻是專心禮佛，無意瀏覽。

拜了廟出來，走到廟廊一個測字攤兒前面，朱大娘認識這個測字先生，是遠近知名的李鐵口，傳說他測字是極靈驗的。朱大娘一提，朱荷就說：

「娘，我打算拈個字，請他測測看。」

「罷喲，平白無端，測什麼字？」朱大娘嘮叨著。

朱荷也不理會，逕走到攤前，拈了個字捲兒在手上，合掌默禱，把字捲兒遞到李鐵口的手上。

李鐵口抬眼瞧瞧朱荷，再緩緩打開字捲兒，原來字捲兒上沒有寫字，根本就是一方空白。

「說說妳問什麼罷？」李鐵口說。

「問人。」朱荷說。

「人已經死了，只留下一宗無頭命案。」李鐵口說：「追查至今，毫無真兇蹤跡，妳說是也不是？」

「不錯，」朱荷說：「若要追查真兇，又該怎麼辦呢？」

李鐵口瞇起眼看看太陽，又看看地面的人影說：

「若想得到線索，應在西南方，因爲影子朝那個方向，既是無蹤無跡，只有看日影、算時辰，以窺天意了！」

朱荷再想詳細問個清楚，李鐵口搖頭不答，很不耐煩的說：

「小嫂子，我這人不善打誑語，該說的全都說過了，妳照我的話，留神西南方，日後自然會明白的。測字錢五個銅子兒。……好，沒事啦。」

離開那個測字攤子，朱荷還在怔怔的想著，一方空白的字捲兒，李鐵口衝口而出的無頭命案，應在西南方。嗯，西南方不是靠近大湖邊的荒盪兒嗎？那種人煙稀少的幾十里大荒，能找出什麼樣的線索來呢?!人都說這李鐵口測字極其靈驗，她卻信疑參半的納罕著。

外間的情勢仍在變化著，一度亡命的趙二花皮，百足之蟲，死而未僵，又在海角僻野聚眾焚掠，新升任營長的程家樓率軍圍剿，把趙二花皮困在石家堡，猛攻兩日夜，像挑瓜般的挑出十八筐人頭。

洗手不再混世的包大妮子，居然又出現在沙寨，她是替她的驢店分設站頭來的。沙寨的人並不記仇，鄒胡纏還出面請她進酒館，聊天話舊呢。

「聽說你娶了何成的遺孀，不再打單啦。」包大妮子說：「各人有各人的命，你算有福氣的，二花皮一意孤行，結果叫切掉腦袋了。」

「我自知不是那種闖蕩的料，早年癡心妄想，夥著二花皮佔了沙寨，白轉狗尾巴圈兒，」鄒胡纏聳聳肩膀說：「到頭來還幹老本行，跟在驢屁股後頭撿碗飯吃，連老婆也是撿得來的。我並沒存心要娶她啊。」

「小兩口一窩一塊兒的，也就甭說了。」包大妮子說：「單望你那口子，早點替你生個胖小子，有子萬事足，你就開心啦。」

「成婚不少日子了，連影子全沒有。」鄒胡纏說：「這些時，我那丈母娘著急了，常催她出門去拜廟，她拜起廟來不嫌路遠，這一趟要去大湖角的老子山呢。」

鄒胡纏說得不錯，朱荷正是藉著燒香拜廟，求子延嗣爲名，選上西南角這條荒路的。因爲道路荒涼，里程遙遠，她除了備妥牲口，還和沙寨裏到老子山進香的幾個街坊結伴同行，有徐老爹家的徐大奶奶，高家糧行的高大嬸兒，丫鬟翠兒，車伕和趕腳的。

天又熱，路又荒，河流縱橫，走不上十里八里，就要歇在渡口等候渡船，不到兩百里的路程，划算起來，要打尖落宿走四天。朱荷一點兒也不怨苦，她這趟是自己有心挑選著來的，一路上，她仔細留神，暗察著跡象，若果測字的李鐵口真的靈驗，她就該有什麼發現才是。

這樣走到第三天晌午時，越走越凹的沙路在空曠的野地上展延，到遠處天角，路邊連棵遮陰的樹全沒有，車伕和腳伕額上戴著汗勒子（擋住汗水流入眼中的用具），那汗水仍然從棉套中滲下來，醃得他們兩眼瞇瞇的。

「好渴！」一個車伕說：「竹筒的飲水全喝光了。」

「這前頭小村口有個磨坊，」另一個說：「到那兒，可以討到水的。」

說著說著又走過五、六里地，有道高聳的河堆，那兒叫簑衣渡口，堆頭老樹濃蔭，圍著個小村子。車伕所指的磨坊，就在緊依渡口的地方，斜頂的方形茅草屋，簷口低低的打得著人頭，小窗口外，盛開著多種顏色的一串紅，蜂飛蝶舞的好熱鬧。

大夥兒在樹蔭下歇下來透透氣，腳伕拎著竹筒，向磨坊裏半瞎的老婆子討飲水，這當口，朱荷卻兩眼發直的盯著磨坊外的畜棚子。

不可思議的事情發生了，她眨眨眼，確定自己沒有看錯，青石槽頭，拴著兩匹牲口，其中一匹，不正是自己家的那匹毛驢嗎？她娘家二叔送的那匹青驢，頸上有道黑褐色的疊叉，右耳是她親手剪的記號。啊！老天，到如今你才睜開眼啦！她想起何成的慘死，熱淚止不住的滾出來，心裏不住的喊天。

她跑過去，跑到石槽邊，這許多日子不見青驢，牠顯得枯瘦憔悴多了，她伸手想摸摸牠，那匹青驢一眼就認出原先的主人，伸過嘴來觸她的衣角，彷彿有什麼言語要告訴她似的。

「徐大奶奶，高家大嬸兒，妳們來看，何成牽進城、失了蹤的青驢在這兒啦！」她叫嚷說。

兩個老婦人趕過來一瞧，都唸起佛來了。

「阿彌陀佛，皇天真的有眼，百般尋覓找不到影子的牲口，怎麼這麼巧，在這條荒路上，叫妳親自遇上的呢？」徐大奶奶說：「這匹牲口是破案的關鍵呢。」

「找那老婆子來問問，」高大嬸兒說：「問她這匹驢是怎麼來的，就不難問出一些眉目來啦。」

半瞎的老婆子正要爲車伕舀飲水，朱荷跑去問她，那老婆子露出缺牙笑說：

「妳問這匹青驢嗎？差不多買進來快一年嘍。牠身子健旺，拉磨快當，值得三塊七角銀洋的身價。」

「您是打哪兒買來的呢？」朱荷耐心的問說。

「北邊七棵柳的牛馬市場上。」那老婆子說：「不是我自己去買的，是託河口鄭叔公去買的，妳問這麼多幹嘛？妳認得這匹驢嗎？」

「我說，磨坊的這位老嬸兒，這匹驢恐怕替妳帶來大麻煩了。」徐大奶奶說：「北地沙寨，何家香燭舖的何老闆主僕，帶著這匹驢進城，半路上叫人給殺了，這匹驢便落在兇手的手裏，這可是命案的證物啊。」

「老天爺！」半瞎的老婆婆說：「竟會有這等事？妳們怎會指認出這匹驢就是那匹驢呢？」

「苦主的前妻就是她啊！」高大嬸兒指著朱荷說：「難道自家養的牲口，她還不認得嗎？」

由於意外的發現這匹驢，朱荷立即出首，告到當地的保正那兒，保正一聽說事關命案，先扣住那匹驢，再召傳到買驢的鄭叔公，他說：

「這案子既是沙寨查辦的，我們不好中途插手，有關的人和驢，我們立即送到沙寨，讓主事的去查問。我相信鄭叔公和劉老嬸，他們都只是誤打誤撞的買了活贓而已，只要交代清楚，就可飭回了。」

徐大奶奶和高大嬸兒商議，勸朱荷不用去拜廟燒香了，正好和當地移案去沙寨的人同路，先趕回去，命案有了線索，等著料理的事正多著哩。

朱荷趕回鎮集，首先就把這事告訴了鄒胡纏，她說：

「這種巧合正是天意，我事先怎麼也沒想到，進香的半路上，能認出這匹青驢來，案子只要有一絲頭緒，抽絲剝繭的順著理，不怕兇手不現形啊。」

鄒胡纏先是怔了一怔，接著笑說：

「妳可甭想得太容易，都一年了，那個鄭老叔公，怕也記不得那許多，頭緒是有了，離破案還早得很呢。」

「我會等下去的。」朱荷說：「看堂老爹這回審案，能審出什麼樣的眉目來。」

堂老爹查問這宗案子，態度極其慎重，他請了寨裏許多年長的，像何老爹、高大嚼吧等人，多方面的籌思，然後，很客氣的對移案過來應訊的鄭老叔公和劉老嬸兒說：

「活贓頭上並沒刻字，況且老叔公您買牲口，是在騾馬市上，有經紀，有證人，您事先不可能知道那是贓物，命案的事，根本與兩位無關，兩位只要詳細說明經過的情形，算是證言，朝後就沒事了！」

「是啊，是啊，」劉老嬸兒說：「這是一場無妄之災，折騰人啊。」

「鄭老叔公，您說這匹驢是在七棵柳樹的騾馬市上買來的？行牙子（中人）是誰？」

「是暴牙尤二溜子。」鄭老叔公說。

「立即放幾匹快馬，傳尤二溜子到案。」堂老爹對左右吩咐說，又掉轉頭來問：「當時情形怎樣？賣主照理是在場的，你付款時，可曾見過那個賣主？」

「見過！」鄭老叔公說：「我人雖老，記性還好，記得那是個長臉下巴尖的年輕漢子，臉型有些像馬猴，細高挑兒身材，比我要高上半個頭，講話帶點兒北鄉土腔，我猜是龍王廟那一帶出生的人，要是再見到，我還能認出他來呢。」

「好極了，」堂老爹說：「賣驢的有了這種形貌，老叔公又能指認得出，這條線索是極其有用的。等到行牙子尤二溜子到了案，也許會提出更進一步的線索，目下，我不敢說那個賣驢的年輕漢子就是真兇之一，至少，他和真兇之間必有關聯。」

快馬傳人確是快當，二天一早，暴牙尤二溜子就已傳到了。尤二溜子是個眼珠亂轉的精靈人，但生就缺少見官的膽子，像堂老爹這種帶領鄉團的人，芝麻綠豆不算什麼官，但已經把尤二溜子嚇得伏地叩首，兢戰惶恐了。

「你是行牙子尤二溜子嗎？」

「小人正是，諢號叫暴牙。」尤二溜子咚咚的以額觸地說：「小人在七棵柳騾馬市幹行牙子多年，專替牲口買賣做中拉縴，一向是個規矩人啦。」

「我沒說你不規矩啊。」堂老爹笑說：「你瞧瞧，你記不記得這匹青驢？牠是由你手上賣給鄭老叔公的。」

尤二溜子看了青驢說：

「小人記得，驢價是大洋三塊七。」

「賣驢的是誰，你該知道罷？」

「回稟老爹，騾馬市上，誰都可以牽牲口去賣，誰都可以選著買，我這幹行牙子的，只管拉縴，買賣雙方談妥價碼，我做個現成的中人，收取行費，通常一天要做幾十宗生意。哪兒管得買主賣主是誰？小人講的，句句都是事實。沙寨的牲口買賣，也是一樣啊。」

「嗯，這些，我都知道的。」堂老爹說：「就你見面的印象，說說他是怎樣的人？他是單賣這匹驢呢？還是有旁的牲口呢？」

「單是這匹驢，並沒有旁的牲口。」

堂老爹困惑的點點頭，爲了讓行牙子尤二溜子明白這匹牲口關乎兩條人命，他又不厭其詳的把案情說了一遍，最後他說：

「這實在是太關緊要了，不得不委屈你們來問話。兇手攔路劫財，還下毒手殺人埋屍，實在泯滅天良，毫無人性，你們應該盡力幫忙，凡是想到的，記得的，有關那個賣驢的一切，哪怕是一點微不足道的小特徵呢，對偵破這案子都有很大的幫助呢。」

經堂老爹這麼和藹懇切的一解說，尤二溜子不怕了，他轉動眼珠，努力記憶，忽然他想起什麼來，叫說：

「小人記起來啦！……是去年夏天，那天騾馬市開市，將近晌午時，西南角黑雲推湧，日色昏暗，緊接著起風啦，雷雨前的風挺猛的，看光景，確像要落雷雨的樣子。騾馬市設在露天的平場子上，附近有些樹，樹蔭也擋不得大雨，賣牲口的紛紛把牲口解離腳樁，牽到七棵柳的街廊下面去，準備暫時避雨。大夥亂亂的，沒有交易，我這幹行牙子的人，也樂得輕鬆一陣子，就揑著小煙桿，踱到市場邊的一家茶館去，泡了一盞茶，蹺起二郎腿，心想：等這場雷雨過後再忙乎罷。誰知勁風把黑雲朝南推移，南邊三四里地，雷轟電閃，大雨落得白花花的，七棵柳附近，只有浮雲，有一陣沒一陣灑上幾點。那家茶館的角落上，先坐有三個客人，其中一個就是賣驢的。……我說這些有用嗎？」

「有用有用。」堂老爹說：「當然有用啊，原先只有賣驢的一個人，如今多出兩個來了，他們既坐在一道兒飲茶，當然是熟識的，說不定是一夥呢。」

「只要有用就好了！」尤二溜子說：「另外那兩個人，身材面貌倒很普通，沒什麼好形容的，我仔細看過他們一眼，他們臉上都有特徵。」

「快說快說，有什麼樣的特徵呢？」何老爹兩眼發光，一迭聲的催說。

「有一個，臉黃黃，嘴歪歪的，缺了半隻耳朵，對啦，缺的右邊耳朵，少上半邊。另一個穿著黑湘雲紗的掛褲，下巴有粒很大的黑痣，痣上長出一小撮黑毛，他經常在說話的時刻，用手捻他那撮毛。至於那個賣驢的，生就一張倒三角臉，狹長得很，寬胸細腰，說話有點瞇眼。」尤二溜子邊說邊想，就顯得慢吞吞的，一句一頓。

「聽到他們說些什麼沒有？」

「當時，遠處有雷聲，進來的茶客不少，言語嘈雜，實在沒聽清楚他們說些什麼。好像是……對啦，那兩個提到過大湖，好像要去皖地做生意什麼的，賣驢的表示說好，說：那我賣掉驢就回去啦！……雷雨在南邊落過一陣就停了，賣客又把牲口紛紛牽回市場，那三個客人先出茶館，另外的那兩個，不，我是說一撮毛和缺耳的，是騎牲口走的，好像是騾子？但我實在記不清楚，不敢說一定是。等我回到市場，這匹青驢業已拴在出賣的腳樁上了。我揚聲問誰是賣主，三角臉立即過來招呼說是他。過不久，鄭老叔公就來了，他和我熟識，說起受劉老孀兒託付，要替她買匹上得磨的驢子，正說著，他就看上這匹青驢了。」

「對對對，」鄭老叔公接著說：「三角臉最先討價四塊四，我還價三塊二角，拉扯一陣子，大洋三塊七成的交。我記得他說，這匹驢是他自家養的，因爲打算湊錢到遠地做買賣，留牠在宅裏沒人照應，才把牠牽來賣的。我業已說過，他說話帶北鄉口音，可能是沙寨東北角的人。」

「還有，還有，」尤二溜子眼珠猛轉一陣，又嚷嚷開了：「那三個分開時，缺耳朵的叫喚三角臉，叫什麼小樊小樊的，我猜他姓樊，再不然就是姓？嗯！姓范啦！」

尤二溜子說了半天，就算結尾這句話石破天驚，座上的高大嚼吧猛古丁一拍巴掌跳起來：

「我道是誰，原來是范小跳那個王八蛋！當年他在寨子裏，替我糧行掌斗，晚上去何成家，替票房打雜，吃何成的，用何成的，後來，他替趙二花皮做內應，搗開沙寨，拐了原本是我家的兒媳，害了她一命，土匪買番號，他跟鄒胡纏幹過，寨子裏恨他入骨，硬把他逼跑了，誰知這小子竟然如此歹毒，把對他很厚的何成給做了！」

「不錯，確是范小跳，」堂老爹說：「他那長相，和他們兩位形容的完全吻合，如今，只要捕獲范小跳，嚴加審問，就能弄個水落石出啦！」

堂老爹問案的結果，全寨的人很快就知道了。范小跳雖還沒有攫來歸案，但大夥都認定他就是殺害何成主僕的兇嫌。朱荷顯得興奮激動，鄒胡纏卻怏怏的愁眉不展。

「噯，鄒大哥，」朱荷說：「你是怎麼啦？何成生前可是你的好兄弟，如今他的沉冤，眼看要申雪了，你該高興才是啊，快快悒悒的幹什麼？你不巴望及早破案嗎？」

「唉，」鄒胡纏沉沉嘆口氣說：「妳我如今是夫妻啦，我心底下的這層意思，看來只能對妳說啦！……人都有錯，當時趙二花皮逼我入夥佔沙寨，我就有錯，後來我做人圓活，好不容易才讓沙寨街坊不再記恨我。如今問出范小跳涉有謀財害命的重嫌，那范小跳又是跟我幹隊長的，也是我把他放走了的，范某犯案，我姓鄒的也受拖累呀！朝後我怎能抬起頭對這些街坊呢？」

「一人做事一人當，」朱荷坦直的說：「范小跳沒死，他總會被攫著歸案的，如果他自承人是他殺的，於你有什麼關連呢？難道姓范的會咬定你是共犯麼？」

「亂講，那怎麼會呢？何成出事的時刻，我在沙寨沒出門，誰也咬不上我的。」

「既然這樣，」朱荷說：「你還有什麼好愁的？」

「要是沙寨的人都像妳這樣想，我當然不會愁悶啦。」鄒胡纏說：「范小跳做過我的手下，手下人謀財害命，我顏面無光，真是難過死啦。」

爲了捕拏兇嫌范小跳，沙寨拉出去七十多桿槍銃，十七八匹快馬，范小跳的老窩確在北鄉龍王廟左近，捕拏的圍住范小跳老家的莊子，挨戶搜捕，沒找到他，范小跳族裏的人說，他離家業已八九個月，從沒回來過。

捕拏的人槍撒成一片大網，在四鄉八鎮打聽，也沒找到。堂老爹心急，親自提筆寫了封信，著人十萬火急送給相隔兩個縣分駐屯的營長程家樓，請他在剿辦北洋時，特別留意，也許范小跳在做案後，心虛情急，不敢待在家裏，帶了槍枝，投奔北洋軍吃糧去了。

沙寨除了捕拏范小跳之外，也在追查缺耳朵和一撮毛兩個，但同樣沒有結果。

「唉，案子眼看就要破了，卻捉不到兇嫌，真的讓人煩死急死了！」高大嚼吧有些喪氣的說。

「不要緊。」何老爹卻很樂觀：「這只是天亮前黑一黑，有名姓，有表徵，三個早晚跑不了，——除非他們在落網前先死掉。」

在大夥人全力緝兇的浪頭上，鄒胡纏硬著頭皮跑到堂老爹的宅裏，表明他的心意。

「我說，老爹，范小跳成了兇嫌，我真是又羞又憤，按理說，他一度做過我的手下，我該向沙寨街坊低頭謝罪，關起門思過，不夠資格再說話的。但我實在忍不住，要向老爹請命，讓我參與緝捕。我要親手攫住范小跳，把他押來歸案，這樣，我對街坊才有交代呀！」

「不錯，胡纏，你實在應該帶頭緝兇的，你這樣做，朱荷才會真的看重你。」堂老爹說：「你就夥著馬班一道兒去罷！」

鄒胡纏總算帶領過鄉團，和馬班的人熟識，如今雖轉行爲商了，鄉丁鄉勇對他還是有一份老情分，叫他鄒大爺。這回他出面參與緝捕舊日屬下范小跳，顯出他不包庇、不徇私，大夥兒對他更懷有一份敬重。

鄒胡纏做人一向圓通，他並沒有搭起舊日鄉隊長的架子，特別表明他這回參與緝捕，只是他個人爲沙寨盡一分力，他願意聽馬班班長丁兆元的調遣。

「鄒大爺，您太客氣啦！」丁兆元說：「您對四鄉極爲熟悉，這回緝兇，好歹還得靠您點撥啦！」

「點撥談不上，好歹拿些主意請你參酌卻是應該的。」鄒胡纏說。

「北鄉一帶，咱們都搜索查察好幾回了，」丁兆元說：「可說是毫無蹤跡，如今又該怎樣緝捕他呢？」

「追捕人犯，先得查察他的關係背景，判斷他可能藏匿的地方，悄悄的圍堵，一舉擒弋。」鄒胡纏說：「馬隊出動，來回空跑，四處招搖，咱們在明處，對方在暗處，哪能捕得到人呢？」

「您說得不錯，范小跳原就是個精靈鬼，也許他已遠走高飛了，也許匿在鄉角裏和咱們捉迷藏，用這種方法捉他，確實不易。」丁兆元說：「但不知鄒大爺您有什麼好主意？」

「范小跳和包大妮子是親戚，事到急處，他投奔他表姐也很可能的。」鄒胡纏說：「包大妮子雖是混人的，性子倔強，一向吃軟不吃硬，但她做人卻很明事理，懂得是非，你若先去包家驢店，把原委說清楚，她說不定會幫咱們的忙呢。」

「這事，由您出面不是更好嗎？」

「抱歉得很。」鄒胡纏苦笑說：「你們該知道，她早先和我有過節，雙方鬧得挺僵，我若出面，只有把事情弄得更糟。我能參與的，只是捕拏范小跳的直接行動。」

「好罷。」丁兆元說：「那我只好硬著頭皮去一趟包家驢店了。」

包大妮子自從吃過趙二花皮的悶虧，率著殘眾退回包家驢店，發誓本分做買賣，再不去胡闖亂蕩了。她療傷時刻，鄒胡纏送錢送藥，存心修好，她去沙寨籌設站頭，鄒胡纏請她吃酒，她明白表示過，過去的事一筆勾銷，她不願再提了，她對當年混世走道的人物，一概敬而遠之，沒那精神再行交結，如今她手上握著的人槍實力，只用來保護她自己的生意。

丁兆元單人獨騎，備了禮物去看望她，同時坦承來意，包大妮子非常客氣的說：

「范小跳和我，也只是遠房親戚，平素很少走動，像這一類的遠親，多著哩。他犯了重案，你們儘管緝捕他去送官法辦，他幹下這種狠毒的案子，他也沒膽子來找我，我既知道這麼回事，也不會包庇窩藏這種人！」

「有宗事，還請姑娘指點的，」丁兆元說：「和他一道兒涉案的，還有兩個傢伙，據目擊的人指出，一個是缺少半邊右耳的，另一個下巴上有粒大黑痣，痣上生有一撮毛。妳當年在道上走動，看的人多，對這樣的人物，有沒有些印象呢？」

「缺耳朵和一撮毛？」包翠紅用指尖指著嘴唇，認真思索起來，經過好一陣子，她輕輕點著頭，嗯呀嗯的，彷彿對她自己說些什麼，忽然，她臉上顯出似有所悟的神情，十分含蓄的說：

「鄒胡纏當年和我一道兒在道上走動，他知道的事，該比我更多，你爲何捨近求遠，不去問他，反而跑來問我呢？」

「實不瞞妳，這回就是鄒大爺他出的主意，吩咐我出面來央託妳協助緝捕范小跳的。」丁兆元說。

「他也吩咐你追問缺耳朵和一撮毛嗎？」

「那倒沒有。」

包大妮子笑了起來，問說：

「鄒胡纏也參與你們追緝范小跳嗎？」

「最先他並沒出面。」丁兆元被她問得莫名其妙，只得照實答說：「這兩天，他才去見堂老爹，願意自己帶槍出來，夥著馬班，參與緝捕的。」

「嗯，這宗案子，內情並不那麼簡單哪。」包大妮子說：「我想寫封信，請你立即快馬回程，逕行呈送給堂老爹，請他馬上看，該怎麼做，你聽堂老爹的吩咐就好。」

丁兆元被弄得一頭霧水，從包大妮子臉上認真的表情看，顯然她知道某些秘密，而且事關重大。她既不願對自己明講，他也不好再追問，只有等她寫妥信，由自己急送給堂老爹過目了。

他當夜策馬奔回沙寨，到了堂老爹宅裏，把信呈上。堂老爹拆開信，看完之後，臉色陰陽不定的變化了好幾回。最後，他要丁兆元附耳上來，對他耳語一陣，然後說：

「事不宜遲，先照我吩咐去辦……」

事情的發展，非常出人意料，三個疑兇一個還沒攫著，堂老爹卻先捆住了毫不相干的鄒胡纏。

鄒胡纏口口聲聲對街坊鄰舍沒口喊冤叫屈，說何成案發時，他正在寨裏坐茶館聽書，和他根本不相干。馬班把鄒胡纏押去見堂老參，朱荷也惶急困惑的跟了去，想把事情摸清楚，無論如何，她如今跟鄒胡纏是同床共枕的夫妻。

鄒胡纏對堂老爹，也一樣幾近咆哮的喊冤叫屈。堂老爹卻淡淡的說：

「胡纏，平心而論，這一兩年，你在沙寨表現良好，凡事都做得本分實在，你娶朱荷，說來還是我出面撮合的，這回我把你捉來，並沒裁定你有什麼樣的罪，只是有些疑點，你得先澄清澄清的。」

「老爹有話問我，那最好。」鄒胡纏理直氣壯的說：「您問什麼，我答什麼就是了。」

「上回我問案時，曾問出有兩個傢伙和范小跳一起，在七棵柳樹出現過，及後那兩個人可能是騎牲口，搭船過湖去了。那兩個人，一個是缺耳朵，一個是下巴生有一撮毛的，我只先問你，這兩個人，你可認得？」

堂老爹這一問，鄒胡纏的臉色便陰鬱起來，他支吾一陣，咬咬牙說：

「不瞞老爹說，那兩個最早是我結拜弟兄，缺耳朵的姓朱，叫朱小混，原先是走鹽的私梟。一撮毛叫張繁星，北邊的馬販子，後來我拉槍集眾在道上行走，他們並沒參與，我的話都是實在的。」

「嗯，」堂老爹吸口氣說：「沙寨的人都知這兩人涉有嫌疑，你既知道，爲什麼不早說，要等我今兒問起，你才照實回話呢？」

「是這樣的，」鄒胡纏說話時，嗓門已有控不住的顫抖了：「三個涉嫌的命案疑兇，一個會是我的手下，兩個又是我早年的結拜弟兄，我要一口道出，街坊會怎樣看待我？其實，我悶在心裏，一樣的難受。我一心想把范小跳捕拏歸案，讓他招供，那時候，誰做誰當，我才不會被人亂懷疑呀！」

「聽起來，你的話也有些道理，」堂老爹說：「爲了你好，我還是要把你軟禁起來，讓你先受些委屈，因爲你也承認，三個疑兇都和你關係密切，你又怕寨上街坊懷疑你，如果你去參與緝捕范小跳，他拔槍拒捕，你隨手伸槍把他打死了，別人懷疑你爲了脫罪，殺人滅口，你豈不是要揹一輩子黑鍋嗎？」

「老爹，您真相信我會這樣做嗎？」

「這不光是信不信的問題。」堂老爹說：「三個兇嫌，有兩個業已過了大湖，遠走高飛了，一時根本無法捕獲他們，餘下來的，只有一個范小跳，咱們非捉到活口，錄下他的口供來，才能結束這個案子，捉到死的，始終不能讓案情大白，你多少有些嫌疑在，爲了洗脫自己，你絕不適合參與緝捕，你懂嗎？」

「我……懂……」鄒胡纏低下頭說。

「那就好。」堂老爹吩咐鄉丁，立時把鄒胡纏押進門禁森嚴的土牢，關照留神看守著，然後轉對朱荷說：

「我相信何成的命案，這就很快要破了，鄒胡纏究竟是什麼樣的人，等范小跳歸案，立即就會明白，若果與他無關，我自會立即放心把人開釋，絕不冤他，若果與他有關，那鄒胡纏就難逃公道了。」

說來也真巧，鄒胡纏被關的第三天，程家樓就派了兩名揹匣槍的衛士，用快馬把范小跳繩捆索綁的押回沙寨來了。據衛士說，范小跳是在海州城落網的，程營長進小館吃飯，范小跳在那館子裏當跑堂的，被程營長一眼就認了出來，當時就捆上了。

范小跳歸案受審，沒用敲打動刑，他眼淚汪汪的哭說，他太對不起何成和那小夥計，他參與做案，全是鄒胡纏教唆的，先各付七十大洋，要朱小混、張繁星和他三個，等在半路上，把何成主僕做掉，何成所攜的錢財牲畜，任由他們三個自行均分。做案後，朱張兩個逃奔皖西金家堡賊巢去了，自己賣了青驢回家，原以爲這案子不會破的，誰知人總拗不過天，還是破了。

堂老爹氣得鬍梢亂抖，立即叫人提出鄒胡纏來當堂對質。鄒胡纏一見范小跳跪在地上，臉色大變，兩隻眼珠子都凸出來了。

「我已全招認了，老大。」范小跳對他說：「如今你不認也不成啦，到如今，我始終弄不懂，你甘願花兩百多大洋，買你拜弟何成的性命，爲的是什麼?!」

「爲的是朱荷那個女人！」鄒胡纏直供說：「我偷戀著她，爲她發狂，不拔掉何成，我就不能獨佔她。她娘要她改嫁我，也是我送她金鐲金鍊打動的，表面上我推三阻四，爲的是不落把柄在人手上。如今，朱荷我已到手一年多了，該殺該剮，我全沒說的了。」

「你這個豬狗不如，喪心病狂的東西！」堂老爹切齒罵說：「謀害人本夫，蓄意玷污人的清白，還想讓苦主認爲你是天下一等的好人，你貌似忠厚，心如豺狼，死一回真還便宜了你呢！」

當時前方正在接火開仗，這類命案，全由地方管事的人做主。堂老爹召聚沙寨老一輩商定，判范小跳槍斃，屍體交家人領回收葬，判鄒胡纏活剮三百六十刀，人頭切下，交朱荷拎去祭靈，祭畢後不用交回，任憑苦主拿去餵狗。

直到案子判定，朱荷才換了素衣麻服，放聲大哭，她到最後才明白，鄒胡纏才真是世上大奸大惡的傢伙，殺了她丈夫，誘污她的身子，使她完全蒙在鼓裏，始終沒懷疑到他才是命案的主兇。

活剮鄒胡纏，是她親手割下第一刀的，鄒胡纏腿肉被割，還在調侃她，說是既有肉套肉的交情在，何必那麼偏心，光顧前夫，不顧後夫。

剮完了，切下鄒胡纏的頭，她拎去何成墳上奠祭，祭完了，她渾身染血把頭拎回屋，燒了大鍋滾水，把那腦袋氽下去煮，煮熟了撈在盆裏，她手執一柄利剪，戳出眼珠來吃，吃一口，罵一聲：

「鄒胡纏，臭畜生，老娘吃你眼珠！」

「鄒胡纏，死豬狗！老娘挖你鼻子吞！」

她把鄒胡纏的耳朵、舌頭、下巴，全都一塊一塊的割來吃了！當天夜晚，她上吊死後，嘴裏還咬著人頭上割下來的殘肉。她兩眼圓睜著，眼瞳裏放出可怕的幽光，彷彿死後仍怨著這世界殘忍無情，即使啖了兇手的頭，心裏的幽恨仍然難消。

「她仍算是個節烈的婦人！」沙寨的人都這麼說。

小春割烹

她憑窗獨坐著，窗外是春晴的小街，日式料理店的布招，在門前隨風捲盪著，偶爾靜止下來，露出奇特又別致的店名「小春割烹」。

檯面的餐紙上，也有同樣的字跡，閃亮的不銹鋼刀具，排列在餐紙的一側，彷彿等待著割烹這一街的春。

她從多蝴蝶的山城裡飛出來，晃眼又是六七年了；老家就靠在蝶谷邊，那是一座美麗的山谷，每到春來，她卻很怕踏進林邊的山徑，因爲遍地滿是棕黃色的毛毛蟲，在不停的蠕動，姐姐告訴她，那些看來惹厭的毛毛蟲，不久之後，都會變成各式各樣飛舞的彩蝶，當時，她很難相信那是真的，春再深一些時，毛毛蟲全都不見了，滿山滿谷都是彩色豐繁的蝴蝶，舞鬧著一野的春光。

「靠山吃山」的俗諺真是沒錯，父親在鎭梢的車站對面，就開設了一爿店，賣些山間的特產、手工藝品，主要的是賣蝴蝶標本來維持家計。因此，她很小的時候，也就學會帶著竹籠和蝶網，跟著家人去上山撲蝶了。

在當地，父親是製作蝴蝶標本的專業能手，捉來的蝴蝶，如有肢翅殘缺的，他都能用他高度的技術補上，再加以優美的定型，每天夜晚，父親總是在燈下辛勤的工作，讓一組組新的蝴蝶標本，充實他經營的店面。

她還記得，初次跟隨家人上山去撲蝶，她還沒去讀小學，她穿著碎花的衫裙，梳兩條短辮子，姐姐用蝶網作勢要撲她，笑說她像一隻穿花裙的小蝶。

父親不單會製作蝴蝶標本，還會用蝴蝶的彩翼和肢體，貼貼黏黏，拼成許多不同的圖畫來，在他的店舖裡，展示出春的山林。後來姐姐讀完初中，就留在店裡主持售貨，捕蝶的事，全落在她的頭上，她快樂的在林谷間跑著、跳著，她能用很熟練的手法揮動蝶網，不多一會兒，就能捕捉很多隻，父親誇她靈巧，她也很感自豪。

那時候，自己只是一隻初脫殼的毛毛蟲，沒想到有一天，還會變成蝴蝶，生出一對翅膀，舞弄一谷的春景。父親用特產店積蓄的錢，翻造了新屋，又把她送進小學，她的穿著和打扮，在同學們的眼裡，也就是一隻蝴蝶。學校裡教音樂和舞蹈的黃老師，組織了課餘舞蹈班，把她選成蝴蝶公主，認真的教她蝶舞，自己學得很快，不久之後就正式登台，不單在學校裡演出，更在一次愛心義演會上，舞遍了山鄉。

教國語的殷老師，有一次講述蝴蝶和蜜蜂的故事，說蜜蜂是辛勤團結的族群，牠們在春間夏日，勤奮的自花叢中採蜜儲存起來，到冬天，便在溫暖的蜂巢裡過冬，而蝴蝶不知道營巢，更不知道儲存冬糧，成天飛舞嬉遊，舞到秋寒露冷的時辰，一隻隻不是凍死就是餓死了。殷老師下課時，還特意摸摸她的頭說：

「小蝴蝶，妳要多想想蜜蜂啊！」

覺得做蝴蝶可愛又很可憐，大概就是從那時開始的罷，後來遇到星期假日，自己便藉口功課忙，再也沒跟父親進谷去撲蝶了。

說懂，也不算真懂，說悟，也不算徹悟，只是覺得用蝶網捕蝶，交到父親手上，硬用大頭針把牠們定形，讓牠們死去，實在是很殘忍的事，童稚無知的快樂，不會再回來了。

服務生送來她的定食，她伸手揭開湯碗的蓋子，捏起小小的漆勺，舀起一些湯，在唇邊吹著。那漆勺的底部，正好也繪有一隻觸鬚展捲的彩蝶，這種無意的巧合，使她多了一份難堪的感傷。在她渾噩無知的童年，撲殺了成千隻飛著舞著的蝴蝶，結束了牠們原就短暫的生命，把牠們送到父親手上，製成一組一組看來美麗僵固的標本。人類有些觀念應該劈破，她想起父親開設的那間特產店，除了蝴蝶標本之外，還有白鼻心、猴子、老鷹、彩翼的鳥類，透明的河豚魚的標本，那簡直是山林和海洋的屠宰場，用各類生物的屍骸作爲商品。

溫婉沈默的姐姐，看守那爿店，整整守了六年，她總是用無聲的笑容招徠商客，把貨品批發出去，若干從外地來的登山客，也愛到店裡逛逛，帶些標本回去裝飾家庭，除了蝴蝶標本，龍蝦和海龜也很受人喜愛，好像很少有人想到過：用殺生來做家庭的擺設，是否有些違悖天理？有一回，自己跑去特產店去，看見姐姐獨自坐在玻璃櫃檯的後面，一張黃白黃白的臉，兩眼迷迷茫茫的，透著落寞的神情，一刹之間，自己產生了一種怪異的感覺，彷彿姐姐已經變成一具標本。

不過，姐姐並沒有把青春都築在那間店裡，一個在憲兵單位服役的預官愛上了她。那個姓黃的預官，家裡經營大型機械製造廠，願意介紹她去廠部總務部門工作，下班後，可以兼讀夜校，姐姐抓住這個機會，很快就離家到北部去了。

也許是受了社會改變的影響罷，山區小鎮上的年輕人，紛紛出去討生活，尤其是男孩，如果讀完高中或職校，還留在山鄉，街坊上的人就會在背後笑他沒出息。這些年下來，整個鎮上，幾乎全賸下老人，婦女和孩子，白天夜晚，街上冷清清空盪盪，扔出棍子都打不著人，上一輩的老人，常爲年輕人的婚事惦掛，說是沒有媒人說合，單靠自己找，留在小鎮上，只怕選都沒有好選的了，尤其是女孩子，到哪兒去找合適的男孩去。

那時候，還輪不到自己憂心這些，讀完了初中，爲了幫助家計，和姐姐一樣順理成章的做起特產店的生意來，父親的年紀逐漸老了，每年春夏季節，雖然也還像往日一樣，揹著竹籠，帶著蝶網，到山谷裡去捕捉蝴蝶，但他的腰，顯得有些佝僂，行動也沈遲了許多，捉蝶的數目，比從前減少了很多。

「唉，看情形，只有出錢買蝶啦！」

鎮上有些愛捕蝶的孩子，會把他們捕到的蝴蝶送到父親的手上，取得一些零錢花用，但大型的彩蝶在山谷裡越來越稀了。

自己的個性比較溫靜，每天守著店鋪，並不覺得辛苦，在晴朗的日子，店鋪對面的車站，算是人氣旺盛的地方，許多外地來的遊客，都經過這兒停車休息，他們大都是到霧社、廬山那一帶去的。雖說停車休息，只有短短的二十分鐘，但遊客們喜歡到特產店裡來逛逛，買些紀念品，賣的最多的，仍然是蝴蝶標本。

「這些蝴蝶，都是當地產的嗎？」

問話的是一個戴金絲邊眼鏡的大學生，說話也很斯文稚氣，自己卻覺得他鎖閉在城市生活裡，有些孤陋寡聞，台灣有兩處盛產蝴蝶的山谷，他難道全沒聽說過？但自己還是很禮貌的微笑著，指說：

「就在那邊的蝶谷裡。」

「啊！好美！」他推動眼鏡，伸著頭，認真的凝視著櫃裡陳列的標本，一股書呆子氣的喃喃著：「這裡的山美、水美、蝴蝶和人，都很美！」

他選中了一份標本，買走了，臨走時，他回過頭，推動眼鏡，給她一個感謝的笑容。這只是一種平常的生意，不知爲什麼，她會把它記在心裡，那年輕人所指的人美，分明是衝著她說的，而且把她和美麗的蝴蝶比在一起，使她感動得兩眼都微微的溼了。

每年春濃時，她偶然還會到山谷裡去，坐在樹蔭下的大石上，面對著遍谷的春陽，看成千的蝶群翩翩飛舞：她雖然無法說服父親，放棄這門製蝶出售的生計，但自己卻不願意再去親手撲捕這些蝴蝶了，牠們搧動彩翅，舞活了一谷的春，而牠們美麗的生命，卻是那樣的短暫，春盡時，牠們的青春便也隨之消逝，舞姿和行動都會顯得呆滯沈遲，這使她想到春暮時落花如雨的景象。她讀過幾首很淒美的落花詩，她會默默的背誦：

「漠皋珮冷臨江失，金谷樓危到地香，
將飛更作迴風舞，已落猶存半面粧。」

谷風掃蕩著滿山滿谷的落英，形成一陣又一陣繽紛的花雨，有時向上揚起，追逐著，絞旋著，從山谷的頂端，一路向下斜飄，有一種不甘辭枝委地的依依，那是殘春的紅淚，點點滴滴，使人看在眼裡，有著刻骨的冰涼。但這是深藏在心底的秘密，她從沒對人道出過。落花和春蝶一道兒在這山谷中飛舞，生命的燦爛和匆匆，使她陷在鬱鬱的沈迷之中，彷彿是魘壓在心頭的夢境。初中時，她初讀古典小說「紅樓夢」，感動於黛玉葬花那種淒涼的心境，當時的感受是短暫而浮淺的，隨著年齡的增長，傷春的感覺愈加濃烈起來。

那年輕人的影子，早已淡化模糊了，新的蝴蝶標本，也填塞了那些賣空了的位置，這批蝴蝶不再是那批蝴蝶，今天的雲也不是昨天的雲，沒有經過懷春就已懂得了傷春，這也許是埋在心裡的，看不見的滄桑罷？

捏著漆勻的手在湯碗裡輕輕攪動著，熱湯中騰起一絲白霧來，她看著她修長的手指和塗上紅色指甲油的指尖，她的手原就是白嫩修長的，時間從指縫間走過，手的形狀並沒有改變，但手背上卻留下了時間的痕跡，有人說過，從手背看女人的年齡，是很準確的。她接替姐姐的位置，靜靜坐在特產店的櫃檯後面，也過了整整六年，客人稀少的時候，她就看些書，或是鉤織什麼的。書裡有些浪漫的愛情場景，也曾勾起她一些朦朧的幻想，但和現實相差得太遠了，鎮上雖還有些年輕的男人留著，卻都不能進入她的感情生活，也許是自己太文靜，太冷漠罷，沒有誰認真的，熱烈的來追逐過她，她並不遺憾這段近乎真空的日子，因爲，她也從沒看中過誰，被不中意的男人糾纏，不是快意的事情，沒有，反而清靜些。

若說真空倒也未必，她經常做些「金勒馬嘶芳草地，玉樓人醉杏花天」的夢，芳草上的蝴蝶，也都是雙飛的，夢醒後攬鏡自照，臉頰上還留著快意的羞紅。用夢境塡補現實的空盪，寂寞裡總也有些甜味，日子就這麼波漾波漾的過下去了。

白天看守店舖，滿腦子胡思亂想，想到在屋外陽光比映下略顯沈黯的店舖裡，所有的標本都變成活物，老鷹在啾叫，山狸子在聞嗅，海龜在爬動，河豚魚在搖尾，蝴蝶們都在振翅欲飛，如果不是人類在剝奪牠們的生命，山林和海洋便會更熱鬧起來，陽光在車站的房頂上移動，她似乎聽到標本抗議的聲音，這種樣的幻覺，常使她感到自憐，我是什麼呢？一具僵坐著的活的人類標本，沒有叫喚，沒有奔躍，沒有游動，沒有飛翔，側過臉，貝殼鑲成的圓鏡裡，就出現一張臉，這就是自己嗎？臉是蠟白色的，眉是微鬱的，眼神是呆滯的，嘴唇緊抿著，旋也旋不出笑意來，被生活自囚在這裡，一具出售標本的標本，舉世滔滔，真不知有幾個人爲自己這種日子想過？甚至包括老實的父親和溫厚的母親，也想不到自己所想的，說來這也不是他們的罪過，姐姐不也是坐在這裡六年嗎？她當時並沒失去微笑，也看不出沈重的，懷春的憂愁，要怪，也只能怪自己內向，恬靜，想得太多，有一種輕度幽閉的傾向罷？有人說：「少女的心，海底的針」，有人說：「少女的心是難解的謎」，更有人說：「少女情懷總是詩」。能有這種想法和說法的人，定是世界上絕頂聰明的人，即使是古人，也是以引為知己，尤其是最後一種說法，更見高明，自己讀詩，也不知怎麼的，偏愛上李商隱，讀詞，迷迷糊糊的愛上了李清照，愛的無非是那種深沈無解的愁情。

有一夜，她真的做起怪夢來，夢見一隻展翅徑尺的大彩蝶，在春的花叢間採蜜，忽然裂開彩裳，踱出一個古裝乾瘦的老頭兒，在一所破落廟宇的背景中，扶著枴杖，端著一隻空飯缽，沿著街梢緩緩朝前走，寒風斜掃著雪花，紛落在他的臉上和肩上，也吹動他襤褸的衣衫，他一面走著，還一面吟哦著：「春蠶到死絲方盡，蠟炬成灰淚始乾」的句子，那不是李商隱是誰呢？俄爾夢中的場景全變了，變成一座春的山原，風中夾有無邊的絲雨，一隻瘦小伶仃的蛺蝶，瑟縮在花朵上，空自震動牠被淋濕的翅膀，卻再也飛不起來，一剎時，蛺蝶不見了，卻出現了一個細頸、清瘦的古裝仕女，帶著醉意，走著像是舞著，嘴裡還吐出低低細細的喃喃：「昨夜雨疏風驟，濃睡不消殘酒」，那不是李清照是誰呢？……夢醒了後怔忡許久，才幽幽嘆出一口氣來，原來他們都是蝴蝶變的，莊生的曉夢不再是寓言。自己原不會寫詩填詞的，也不知怎麼的，竟然披衣起床，捻亮書桌上的檯燈，草草寫出似詩非詩，似詞非詞的句子：「人生如夢不堪看，原如彩蝶舞春山」。寫後又心緒如麻，把它抓起來搓揉搓揉，扔進字紙簍去了。

就算自己是一具標本，總也有賣出去的時候罷？說荒唐也好，當時確曾這麼想過的。

她開始一口一口的啜著湯，一些花傘在街邊的人行道上旋轉著，匆忙的人群，在感覺上和滿山飛舞的彩蝶沒有什麼兩樣，醒和夢好像也沒有什麼兩樣，在悠悠世宇當中，人生和蝶生不是一樣的短促嗎？

姐姐在北部讀完夜校，考進三專，畢業後和姓黃的結婚，已經有了兩個孩子了，自己離開山谷邊的老家，是經姐姐說服了父母，才單獨飛出來的，那爿特產店，也盤讓給別人去經營了。彷佛一轉眼，卻已是十多年，書裡所說的青春，對自己只是一個空洞的名詞，經姐姐介紹，自己到一家化妝品公司上班，租了一間小套房獨自居住，雖說也過的是早九晚五的日子，但公司的男女同事多，有幾位比自己年輕的女孩，描眉畫眼，經常嘻嘻哈哈，打打鬧鬧，時間比較好打發一些，這家化妝品公司，代理國外進口的整套貨品，自己也逐漸學會了怎樣使用眉筆，怎樣捲睫、打眼影、塗染雙頰，使她一臉沈冷的標本形象，添了幾分活氣，有些浮薄的男同事，還誇她是一朵美麗的山花，後來她才略略知道：山花這詞意，多少有些曖昧的意味。她不喜歡那些瞇著眼，蝶形蝶狀的男子，在他們身上，嗅不出半點李商隱的味道。

在那裡做了兩年，她轉到一家蜂蜜咖啡店去看守櫃檯，這家店舖用深色木板裝修，陳設得沈厚典雅，平時用極低的聲音，播放些古典的西洋音樂，沈靜的氣氛挺適合她的個性，甭看這只是一間小小的店舖，它卻是一扇開向人世的窗口，什麼樣的人，她都能夠見到，有些聯想，說來有些不倫不類，她記得，當初在家鄉，常見到一些帶有奇怪望遠鏡的賞鳥人，他們總在清晨登山，到密林裡去看鳥，如今她站在咖啡店的櫃檯裡面，正像一個賞鳥人，只是她並非賞鳥，而是賞人。她毫無偷窺人秘密的存心，店舖的地方本就是這麼大，她居高臨下，每排座位盡收眼底，她不看也得看，不聽也得聽。

來店裡喝咖啡的人，有年老的銀髮族，也有十六、七歲的青少年，有正在初戀和熱戀的情侶，也有孤獨落寞的單身人，有人打橋牌、下跳棋，熱熱鬧鬧的談生意，有人在牆邊並排位子上，親密的依偎著，盡說悄悄話，有些單身人，沈默不語的噴煙，喝咖啡，坐半天，一個字也沒說，甚至付帳的時候，也不講話。

有一個上了年紀的女人，看樣子是飽歷滄桑的風塵女郎，把一部淒苦無告的書，寫在她的臉上，她總是愛坐靠窗的位置，一坐下來就連續的吸煙，把她整個的人都浸在煙霧裡，她愛喝不加糖的濃咖啡，一喝就是兩到三杯，她多半是在黃昏時分來，坐到街燈全都輝亮的時候走，她的煙灰缸通常要換三次，每支煙蒂上，都沾有她朱紅色的劣質口紅的唇印。

「真不知道沾有這種唇印的男人都到哪裡去了？」服務生珠珠常這樣的嘀咕著。

「人老珠黃，這種事有什麼好怪的。」領班的蔡姐說：「零售青春的女人，到老來，多半都是這個樣子。」

可有些客人看著就很舒坦，一個高高的老先生，滿頭銀亮的白髮，他常扶著一根黑檀鑲銀的手杖，到店裡來喝咖啡，意態瀟閒的看街景，看混沌的落日，臉上始終保持著一種高雅的、靜態的笑容。聽蔡姐說：老先生是位早已退休的教授，老伴早已辭世了，他早晨去公園練氣功，白天看書寫作，黃昏出來坐一坐，他最懂得享受寂寞了。

有一個接近中年的男士，衣著很隨和，頭髮亂蓬蓬的，有著濃濃的憂鬱氣質，後來經蔡姐介紹，才知道他是一位現代詩人，他隨身帶有手提箱，裡面有稿紙和筆，他喜歡坐在最裡面的枒角，那兒有一扇狹長的窗子，窗外是一塊幽閉的小院落，裡面有假山、水池和一些熱帶植物，可以說是一個幽靜的角落，他雖說是咖啡館的常客，但每週只來一兩次，通常是在週末的下午或是週日的上午，來了之後，就打開稿紙，認真的寫些什麼，蔡姐說他是和詩談戀愛的怪人。

時間久了，她對一些常客都自然的熟悉起來，那位詩人誇她有一種特殊的氣質，形容她像空谷裡的幽蘭。

「不！我只是一隻飛過了春天的蝴蝶，一隻從標本裡飛出來的蝴蝶。」這是頭一回，她大膽的說出埋藏在心裡很久的聲音。話說出口，連自己都覺得十分訝異，爲什麼要對他說這些呢？

「嗯，妳有詩的才份。」對方說：「是花，自會開，是蝶，自會舞。所有的活物，都會被時間剝製成標本。所有的標本，都曾經活過。」

她認真的聽著，並且深刻的記取他說這話時的神情，她的兩眼在濃郁的眉影遮掩下，煥發出奇異的光彩，他蓬亂的髮，像火焰般的飄動著，她從沒曾和男子這樣深沈的對視過，他的目光使她心頭有著隱隱的灼痛。

那夜回到自己的套房，她整夜失眠，自覺他的話像一柄鎖匙，把她緊緊幽閉的心房打開了，所有陳舊的感覺都滾散了出來，使她一時之間無法收拾。她有一種緊張和恐懼，相信自己真的是愛上他了。他並不如蔡姐形容的，是一個和詩談戀愛的怪人，自己從詩詞裡愛上李商隱和李清照，並沒覺得有什麼怪異啊！算算年紀，不知不覺的，自己業已卅出頭了，自己的青春，被許多感覺割裂，在現實裡，連一場微風細雨的淡淡戀情也未曾有過，她不知應該用什麼樣的言語態度，來面對第一聲響動的春雷。

不過，這也只有一種比較強烈的內在感覺，在現實裡並沒激出波紋，那位詩人後來也來過店裡兩次，平靜的坐在他固定的小角落裡，寫他要寫的，再後來，他的影子竟然消失了，聽蔡姐說，他到外埠就業去了。

「在我們這裡，單靠寫詩，是養不活人的。」蔡姐很篤定的說。

蔡姐那種篤定的說法，也刺得她心痛，自己不是詩人和詞客，只是沾上半分那種味道，就命定落寞啦！也許是過了那種夢呀、愛呀的年歲罷，自己對如今那些雙飛的愛侶，黏呀、膩呀、抱住話筒不放的蜜語呀，看電影、公園約會呀，全都覺得肉麻傖俗，但她又茫然不知另一種愛的型式該是怎樣。一夜，她就寢前，讀一冊古典的傳奇，說是有個文士，寄宿在一座破落的古廟裡，夜深時分，他忽然聽到女鬼在窗外吟詩，她淒然的吟道：

「舞蝶難再有，花枝不久留，

可憐今夜月，空照舊溫柔。」

她初次吟誦這首詩時，兩眼噙滿淚水，忍不住的滴落襟前，再次吟誦時，又覺得那女鬼的處境，倒比自己要好些，至少她生前還熱熾的戀過，愛過，擁有過許多記憶的溫柔，而自己呢？心想凌空捋月，卻只化爲空空白白的冷。嗨，休它一天假，找個地方散散心罷！

女侍捧上她的定食來，有炸蝦和烤香魚，她想到那個憂愁詩人形容花和蝶的話，便也喃喃的說：

「是蝦，都該跳過，是魚，都該游過。」

這些話，在她只是吐出一些感覺的浮泡，卻使那女侍轉過臉來，帶一副驚異的神情，多看了她一眼。

「噯，給我燙一份酒來，怎麼樣？」她居然笑起來。

「要哪一種的？」女侍數出一些日本清酒的名字，有大關、月桂冠、澤之鶴……。

「好了，」她說：「就燙一份澤之鶴罷。」

澤之鶴，好美的名字，就讓她飲成一隻野澤裡的白鶴，展翅飛翔罷，熱燙燙的酒，鮮美的食物，她吃掉的，都像是舊日的自己，她要把那些，全都吃掉，喝掉，壓根兒給忘掉。

會帳走出門的時候，她把手提包反手摔在肩膀上，街道在她眼前晃動，小春割烹的招牌飄在她的身後，她真的變成一隻野澤中的白鶴，無拘無束的飛了起來。

這何嘗不是一種溫柔。

大瘟

起大瘟了，大瘟像野天荒湖上沒遮攔的風，呼呼咧咧的刮到老鎮上來，在窮鄉僻壤當中的老鎮，百年來也並非沒鬧過瘟，但從沒像這回氣勢兇猛，彷彿真有穿黑袍揹口袋的瘟神，挨家挨戶的在人門口跳家官，邊跳邊從口袋裡抓出瘟蟲來撒散。

十字街口的尙家茶樓，原本是老鎮最熱鬧的地方，多年來設有說書場子，夜晚點亮煤油吊燈，茶灶上吊滿一排大水壺，在紅熾熾的烈火上，噴出大股白色水霧，夜晚閒著沒事，人們就去泡盞茶，聽那些說書人講秦道漢，扯唐說宋，聽的兩耳能滴出油來，可真是一宗樂事。這回大瘟一起，說書的丁痲子首先撞了煞，得上霍亂痧子，上吐下瀉，不消三兩天，就伸腿瞪眼，把滿肚皮的秦漢唐宋也埋進了黃土坑，使茶樓趕忙掛出「暫行歇場」的牌子。

最早瘟死的人，還能買到棺木，能請到喇叭手來吹吹嗚哩哇什麼的，後來倒下頭的多了，棺材舖的木料有限，只好把那些厚重堂皇的棺木停產，專門趕製白木棺和薄皮材應急，窮人家沒錢買棺木，倒下人來，只好買幾張蘆蓆捲了抬埋。

鎭北街，拜狐仙的巫堂掛出黑衣白字，書滿符咒的長旛，打出能醫百病的旗號，巫婆小紅桃單憑一張嘴皮子，一隻會翻花的舌頭，就能撥弄出翻江倒海，地動山搖的勢頭來，她說起天有瘟星，地有煞神，瘋婆子揹著瘟袋，役使無數瘟鬼到處撒出瘟蟲，人碰上了，就成了下湯鍋的老鼠，絕無活路，她又誇稱狐仙教會她唸避瘟咒，劃驅煞符，只要買她的驅煞符回家張貼，再敲打黃盆（一種上黃釉的陶器）不斷唸避瘟咒，就能保得平安……說她是邪術怪論嗎？偏偏有許多人信她那一套，有人日夜敲打黃盆，有人爲了避煞，竟躲進死人棺材裡去，認爲那樣一來，瘟鬼就找不到他。

大街中段的「廣和堂」中藥舖，老中醫葛四先生，是位菩薩心腸的人，大瘟一起，他就到各處去巡迴義診。東街口，從天津流寓老鎮的西醫陳大夫也忙得團團轉，因爲這次的瘟疫，不是什麼水瘟、火瘟，而是各種傳染時疫全部爆發，不論內外科，他都一手包辦了！

老鎮上首席士紳徐大爹，特意邀了兩位醫生到宅中餐敘。說起這位徐大老爹，老鎮的住戶，沒幾個人弄得懂他，他幼時入塾讀經史，唸了一肚子書，卻不去參加科舉考試，回家經營祖業，開染坊，開南北貨行，從商致富後，心血來潮，自設塾館教鎮上孩子讀四書五經，等大清改成民國，他又受聘到洋學堂教文史，他教書很嚴厲，學童稍有疏懶，就用戒尺伺候，還罰他們鼻尖碰牆思過。

老鎮上有個前清秀才劉老爹，看徐大極不順眼，認爲他是半吊子，老白丁，大嘴大舌，亂打高空，後來，徐大老爹酒後吐露真言，他年輕時就厭透了滿清的八股取士制度，認定那只是個大圈套，把天下文士全套進去，咬文嚼字讀死書，一心只想藉功名撈官做，爲功名讀書，求的都是假學問，他不屑搞進去摻和。

「我這白丁，總比那些酸丁高上一等。」他呵呵大笑說。

劉老秀才當然不服氣，對徐大老爹剪辮子、到洋學教書，認爲他是「康梁餘孽」，要是老佛爺還在世，早就該把徐大推去北京菜市口砍腦袋了！

「他非但是個市儈，還是個自行托大的老瘋子！」劉老秀才逢人提到徐某，就會這樣的開罵。

話風刮進徐大老爹耳朵裡，他不但不生氣，還誇劉老秀才真有眼光，能把他和「康、梁並列」，使他「受寵若驚」。這樣拉鋸拉了好幾年，民國仍堅持不剪辮子的劉老秀才患中風，變成跛腳鴨子，不能設館，當不成猢猻王，弄到三餐不繼的地步，他扶著楞杖出，別人都叫他劉老瘸子，徐大老爹拿出錢來，讓曾經做過他學生的鎮長去救濟他，並且明白告訴街坊，不可直稱他「老瘸子」，要稱他為「劉老神仙」，讓老秀才心裡舒坦一點。

「當年，他把我看成康、梁餘孽，那太抬舉了我。」徐老爹笑呵呵的說：「如今，我尊他為『劉老神仙』，讓他跟『鐵拐李』稱兄道弟，也算是奉承了他，算是兩造扯平啦！」

也正因為有這麼個劉老神仙，使放蕩不羈的徐大老爹，變成老鎮上專治疑難雜症的萬靈丹，他說起話來，直來直往，口沒遮攔，他非但瞧不起穿馬蹄袖，拖豬尾巴辮子，昏憒無能的滿清官吏，也同樣瞧不起剪掉辮子，換上西裝，滿口洋腔的買辦型官僚。他認定官場上根本是換湯不換藥，民間一片無知愚矇，離開真正的孔孟之道十萬八千里。旁人罵人，只是亂開黃腔，他罵人從不帶髒字，句句都引經據典，彷彿他就是孔、孟的代言人。劉老神仙臨死，還丟下一句話，說他是：「兩眼長在頭頂上，日中無人的大嘴巴！」徐大老爹認為老神仙說的很中肯，他說：

「我本來就白丁一個，又生在偏荒的角落裡，既當不了巡按，又做不得御史，至少我不會導人迷信，誤人生死，看不慣的事，放大喉嚨說上兩句！總不至被送上狗頭鍘罷？」

為了老神仙送他這句話，他送了老神仙一口六合頭的大棺材，讓他睡在裡面都能翻身。這種不計較往昔的義舉，使全鎮的士紳無一不推重他，凡是遇上排難解紛的事，有他到場，只消三言兩語就能擺平。這回鬧大瘟，他特意宴請兩位醫生來宅，還找了幾個有份量的作陪，依大夥兒的猜想，脫不了是防瘟避疫，而巫堂裡的香頭——專拜狐仙的小紅桃，該是下酒的頭道菜，徐大老爹那張嘴巴，決計不會放過她的，即使沒起大瘟，徐大老爹也把她看成「毒蠱」。但這個年輕的俏寡婦，既沒偷人養漢，又沒作奸犯科，拿什麼扳得倒她？

老鎮這些年來，遇上的事故太多了，原來有近兩千戶人家，各種花團錦簇的行業，應有盡有，但戰亂不息的世道，人禍更勝過天災，大酒廠關閉了，輾油作坊成了廢墟，古廟被拆平兩三座，票號被股匪洗劫一空，丁壯紛紛逃離，有些家戶也相繼遷離，鎮上就很蕭條沈黯了。街坊也都想過，若沒有徐大老爹這把大紅傘罩著，其餘的人家也不敢再待下去了，老傢伙有一把霹靂火的脾性，天真的塌下來，他也敢伸長腦袋去頂，有一回，股匪王二搭掛率著成千匪徒闖進鎮來，肆行擄掠，徐大老爹召聚幾個老人家，大模大樣坐在客廳裡，著人持紅帖子邀請王二搭掛和各股頭目來吃酒，端出老鎮上最講究的菜色，一共開了五桌席。

「咱們這是有緣相會。」徐大老爹對大當家和眾匪目抱拳拱手，作了個圈兒揖說：「我是把老骨頭了，凡事講究禮數，這見面禮是該備的，區區之數，不成敬意，把見面禮抬上來！」

一聲吆喝，管事的便叫幾個學徒，把青陶平口罈子抬到客堂上來，每一罈裝足一千大洋，除總瓢把子那一份，每股一罈。

徐大老爹既然禮數在先，王二褡掛也只有一躬到地，其餘各頭目都戰戰兢兢的跪地「拜領」，哪還敢橫眉豎眼？徐大老爹摸著白鬍子，笑呵呵的央他們上席，硬把王二褡掛推上首席，他在對面主座作陪。

「諸位想必也曉得，老朽一輩子沒爲官作宰，這些錢都是辛苦積賺來的，沒有一文昧心錢在裡頭，我送的誠心，也盼諸位拿的爽樂。」大老爹說：「歷朝歷代，都有官逼民反的例子，真正綠林好漢，都明白：『冤有頭，債有主』的道理，官家的票號、糧倉、贓官的貪銀，諸位可以儘量的取，但老鎮這些窮民百姓，得求列位好漢放他們一馬。」

「有您大老爹一句話，晚輩哪敢不尊？」王二褡掛恭敬的說：「各股頭的老夥計們，你們都聽好了！這就分頭傳話下去，不准動老鎮一草一木，把從附近擄來的民票，一律送到徐府來，免贖釋放，權當奉給大老爹的謝禮……大老爹有仁心，咱們也有義氣，算是對上路了！」

「好哇！」徐大老爹拍巴掌叫說：「整罈好酒朝上抬，老朽今晚就陪列位醉它一場！」

那一夜，一群紅眉綠眼的股匪頭兒，彷彿都成了徐大老爹的學童，徐大老爹把歷代草莽人物的故事，都講給他們聽，勸他們等世道略清，就該散夥歸家！到後來，連王二褡掛也一把鼻涕一把淚的哭出聲來。

徐大老爹做出這種驚天動地的事，隻字不提，是躲進徐宅的鎮長，客串了筵席間的跑堂，親眼所見的，另外被送到徐宅的那些肉票，得知他們免贖釋放，是徐大老爹幫他們求的情，爭著向老人家叩響頭，稱他爲活菩薩。

這麼一來，徐大老爹不單有了民間的清譽，更在道上有了威名，赤手空拳的一個老頭子，竟能使眾多股匪頭目屈膝，這還不算，過後沒多久，王二褡掛那一股，真的在魯南山區散夥歸家去了。有人曾問起徐大老爹，那夜他究竟講了些什麼？他笑笑說：

「也沒什麼，只是活用了幾句經書上的話，實引了一些史上的例子而已，點進他們心眼裡去，就像發麵一樣，有了那麼點兒用處罷了！」

他就這種揉麵團的哲學，在朝秦暮楚的年代，不卑不亢的對待各方來的將軍、官爺、巡警和潰兵，碰上有眼不識泰山的愚物，他照樣被拔掉一小撮鬍子，或是吃了「五指燒餅」（摑巴掌）他照樣據理力爭，讓街坊吃下定心丸，他們經常說：

「只要有徐老爹在前面頂著，天大的事，我們也沒什麼好怕的！」

徐家的客廳，早年確曾是老鎮最富麗堂皇的建築，它建在五進宅院的第三進，特別把地基提高，進門要登五層石級，才能到達外廊，房屋用青磚爲牆，蔴石包角，一排五開間，三明兩暗，明間是客堂和餐廳，暗間則是書房，客廳下設神龕，卻掛有翁同龢所寫的中堂，兩壁的條幅字畫，也都是徐大老爹所選藏的各家之作，在兩盞鏤花銅罩的垂燈掩映下，古意盎然，但這些年來，飽歷滄桑，光景都已沈黯了許多，兩排梨花木的背椅漆色也顯斑駁了。

今天到的主客，是中醫葛四老爹、西醫陳大夫，陪客的是老鎮朱鎮長，朝陽當舖的程老朝奉，洋學堂的李校長等幾位。

「能請諸位到宅裡來聚聚，也沒有什麼好酒好菜招待，只是大瘟鬧成這樣，弄得人滿心鬱卒，爲感激兩位醫生的辛勞，略表一番心意罷了！」徐大老爹說：「經這些年兵荒馬亂的折騰，我的一點家當底子，也快端光了，但江山好改，本性難移，愛管事脾氣，總是改不了的。」

「老哥哥，您說哪兒的話？」葛四老爹說：「我跟陳大夫，只是在盡行醫的本分，在這場大瘟時，能救一個算一個罷了！」

在乍暖還寒的仲春，天色陰陰的，幽光落在滿是苔跡的院落裡，分外顯得蕭冷，一盆放在長廊邊的迎春花，業已凋殘殆盡了。早來的薄暮，由於買不到煤油，客堂裡點上年節時燃過的紅蠟燭，端上八仙桌的菜色，也只是風雞、鹹魚、滷味，但加了熱騰騰炒蛋，粉絲豆腐丸子、爛熌大白菜，加上徐老爹把他甕底的老酒端上桌，在這種兵荒馬亂的辰光，真是超過海味山珍。

「我對醫道，全是門外漢。」徐老爹端起碗來，先向兩位醫生敬酒說：「人都說我大嘴大舌，但今晚我打算豎起兩耳，多聽兩位專家的話，對中、西醫不同的說法，我都願當它學生，至於抗瘟疫，我是一定盡力，絕不逃避。葛四老爹，您不妨先講講。」

「不論中療、西療，治好病人的主旨，全是一樣的。」葛四老爹說：「中醫幾千年不廢，西醫幾百年振興，都有它的道理在，一般說來，漢醫重視自然療法，西醫重視化學療法，但西藥的原料，原也取自自然，只是在萃取方法上，稍少些差別而已。我和陳大夫，在一般人眼裡，成爲漢洋對立，事實並非如此，我們早就是相知相惜的好友，我學他，他也學我，臨到最後，根本不分你我了！」

「葛四老爹的話，句句是實。」陳大夫立即接話說：「西醫比漢醫多一些近代科學的認知，確是不爭的事實，藥物提煉也比較精粹一些，尤其在外科手術方面，表面上領先了一大步，但我研究歷史，應歸於華佗，扁鵲之後，後繼無人，漢醫如在千餘年前就能科學化，走在西洋人的前頭，哪還有洋、漢之分的問題呢？至於民間根據醫療結果論定，認爲西醫治傳染快速，漢醫治慢性病專長，那也是不可驟作定論的。」

「嗯。」徐大老爹點頭說：「中西醫各有所長，兩位講得都很實在，遇上這等大瘟，救人還來不及，那能分門戶！老古人常說：災隨亂起，瘟隨災來，大凡世道不靖，兵燹殺伐，農田廢耕，家戶流離，跟著就有水澇、大旱、蝗災，災後必興大瘟，這哪是什麼天劫，根本都是人謀不臧弄出來的！」

爲了證實他所言不虛，他特意舉出清代咸豐同治年間，長毛造反，捻軍作亂，拋開歷史的是非不論，天天在殺伐，遍地是死人，總歸是事實。成千上萬的屍體暴骨荒郊，浮屍塞滿各處河道，使溝渠斷流，地方上標出賞格，每抬埋屍首一具，賞銀兩厘，最先有丁伕貪利，掩鼻抬埋，過不久，抬埋的都染瘟死了，只好任其腐爛，便宜了遍野的野狗和烏鴉。河灣處的大堆浮屍，要用長竹竿，把他們推撥到河中間的水道上去，使浮屍漂向下游，而軍民人等的飲水，不論是汪塘、井裡或河溪，都是死人，那不是飲水，而是喝腐臭的「屍湯」。他並舉出：當年曾老九（國荃），帶領十多萬湘軍回南京，駐軍城南的雨花台，到處覓不得乾淨的水源，也只能喝屍湯，結果部隊瘟倒了一半人，城外都是如此，被圍在城裡太平軍和洪天王的處境，怕是更悽慘了。

這些瘟疫的景況，在座的人，只知道一些粗略的概梗，但經徐大老爹那麼一說，大夥都驚得目瞪口呆。

「瞧罷，我這大嘴大舌的老毛病，總改不了，但願沒把你們嚇著，來來來，把酒給滿上。防瘟避疫的事，還得多聽你們的呢！」

葛老中醫認為：治瘟防疫，首先得說服鄉民循著「有病求醫」的正道法子，要是那些鄉愚，一味迷信小紅桃那類人的鬼話，敲黃盆唸避瘟咒，那是害人害己。

陳大夫認為：凡是傳染性的時疫，都是病菌、病毒在作怪，滅蚊蠅、清水源，第一要緊，聽說瘟疫起自西南鄉的大湖溝邊，那兒常有戰事，死人無算，鄉野地上民智不開，也缺少像樣的醫生，往往用手車把病人推到老鎮上來診治，多一個病人就多一個傳染源，最好的辦法，就是巡迴出診，老鎮的病情才好控制。

「兩位說的都句句在理，」徐大老爹說：「關於滅蚊蠅，清水源，我倒有個土法子，首先，要家家戶戶，逐日把鍋塘的青灰扒出來，傾蓋住糞坑，鍋灰和糞水一混，就會變成帶鹼的水，會殺死孑孓和蛆蟲。其次是鑿深井取水，挖泉汲水，不用汪溏水做飯水，更要勸人莫喝生水，這該是鎮長要去做的事，鎮長該能做得到的，不是嗎？」

「老爹您放心，學生一定辦得到的。」

「多買大捆的棒谿繩子（玉蜀黍俗稱棒頭，在此稱玉蜀黍鬚搓成的繩子）來點火生煙，它能驅走蚊子。」徐大老爹說：「鎮下公費欠缺，由我墊上。至於小紅桃那個妖婦，她不偷不搶，沒犯王法，我還想不出整治她的法子，只好暫時把她放在一邊，咱們先按正道去做了。」

西醫陳大夫出診比較簡單，只消掛上聽診器，提起裝藥的皮包，立刻就能出門。中醫葛四老爹出診，可就麻煩得多，因爲西南鄉的澤地，連一家中藥舖都沒有，他得雇一輛牛車，另雇一匹帶步的毛驢，牛車除了趕車的，還帶兩個藥舖小夥計，帶上許多治瘟的藥材，煎藥的罐子，因爲許多全家染瘟的，根本沒人幫他們煎藥。

西南鄉大澤地，沒一條像樣的路，無數大水沖積成的旱泓子，像密佈的蛛網，人和車走在溝泓底部，只能見著兩邊高聳的土崖，崖壁間長滿枯蘆和雜草，那些路彎彎曲曲，若不細察車轍和牲口蹄印，準會迷路。

西醫陳大夫去了東南鄉，葛四老爹要去的是西南的小石橋集，那兒說是集市，可只有短短的半條小街，幾十戶人家，做的是大澤附近各村落的生意，街上有好些賣農具雜物的店舖，也有兩三家酒食舖子，其中一家卞三開的酒食舖子，正是葛四老爹要駐診的地方。

在小石橋周邊幾十里，散佈有五七個大小村落，許多地方連牛車也去不得，上了年紀的更很難跋涉，葛四老爹業已把義診的布招都準備妥當了，就在小石橋頭大榆樹上張掛起來，再讓卞三找到各村鳴鑼傳告：老鎮廣和堂葛四老爹下鄉義診，不收藥費，還代爲煎熬。

進到瘟疫最嚴重的地方，葛四老爹不怕，兩個夥計害怕卻不敢說，倒是受僱來的牛車主老何，一直擔心自己和老牛會染瘟。

六十多里地，整整折騰了一天，天落黑了才趕抵小石橋的卞家飯舖，牛車和毛驢的聲響，驚動了幾隻黃狗，汪汪吠叫聲先把一街的燈火叫亮了。卞三首先拎著燈籠出來，衝著葛四老爹的臉晃了一圈，這才放聲叫喚說：

「狗子，柱子，快出來牽牲入槽上料，再幫忙卸貨，老鎭的葛四老爹來嘍！」一聽葛四老爹的名號，狗子柱子兩個小跑堂還沒出來，附近街坊的人卻都紛紛開門，奔來把葛四老爹圍上了。在各地鄉民的眼裡，廣和堂的葛四老爹是尊活菩薩，這許多年，他開過多次義診，免費施藥、救活過不少人，小石橋一帶的人，就到老鎭去送過謝匾。

「我不是什麼菩薩，路上折騰一整天，我和我的伴當們，還沒吃飯呢！」老中醫說：「有話進屋去再講罷！」

鄉角的小集市，平素就來客不多，卞家飯舖也只有些粗淡的野蔬，爲了迎接葛四老爹，卞三趕急跑去張羅，他殺了隻雞做爲主菜，端上桌的是：辣椒煮鯽魚、蒜炒白豆餅、豆豉燒泥鰍、涼拌蒲公英葉子，胡椒炒乾蠶蛹，另端一大罈土釀的老酒，一鍋高粱玉米飯。

「老爹，小舖能有的，全擺在桌上了！」卞三哈著腰說：「甭看這些土菜，鄉下人十有八九都還吃不到呢。」

「這倒是實話。」趕牛車的老趙說：「就算大瘟沒來，鄉下塡不飽肚皮的也多得是。」

「鄉親還沒用飯的，請一道兒上桌罷。」葛四老爹說：「我們吃，你們站，我們舉不起筷子來呀！」

卞三左請右邀的，把小石橋的董保長硬推上桌，回頭揮手，讓其餘的人退出去，這才上桌陪客用餐。

「小石橋左近共有幾十個大小村子。」董保長稟告說：「多是些撈魚摸蝦的貧戶，大瘟一起，成天都有死去的，家家黑燈黑火，不染瘟也會餓死，這邊人手有限，連抬埋的事都難料理，只能聽天由命，您來義診，倒是從何做起？您有任何吩咐，我們盡力備辦就是。」

「先收集風乾的大蒜頭，野生的小蒜也成。」葛四老爹說：「先收乾辣椒，把它在家前屋後掛上，割野艾燒煙，汪塘邊多撒硫磺粉，硫磺粉我已帶來了。再用青灰蓋糞坑，儘量滅蠅除蚊，那些沒染疫的，來這兒領雄黃藥袋佩掛，染病的隔開，我再對症下藥，多備炭火，我煮藥要用的。」

「這些都不難辦，」董保長說：「我們會儘快備妥，照您吩咐的去做。」

「端午飲雄黃酒，只是掛個驅毒避邪的名目。」葛四老爹摸著酒罐子說：「大瘟鬧成這樣，得常用雄黃酒塗口鼻，這罐酒，我要小夥計摻進雄黃備用，省著不喝了！」

「旁的您都能省得，這酒您可甭省了！」董保長說：「在西南鄉，旁的都稀罕、只不缺酒和魚蝦，荒湖到處種高粱，溪河裡小魚小蝦動把抓，但正宗糧食缺欠，人還是餓肚子！」

甭看這些鄉角裡的土菜，樣樣都是下酒的妙品，葛四老爹由這次要命的大瘟，深深感慨這一方的多難，如今鬼子兵據縣城，偽軍常騷擾鄉鎮，游擊隊要徵糧，土匪要擄掠，有槍有馬的都是爺字輩，小民百姓全是龜孫，像老鎮那種大集鎮，要不是有徐大老爹撐著，只怕連如今這個局面也維持不住了。

「嗨，人說小難歸城，大難歸鄉，如今大難小難齊來，梳子梳、篦子篦，城裡鄉下都是一個樣子，那還找得一塊安樂土？」董保長說：「兩眼漆黑的朝前捱，捱過一天算一天罷了！」

「可是我們做醫生的，難在只能救人，無法救世。」葛四老爹臉色沈黯的嘆說：「比起旁人來，可更多一份撕心裂肺的苦啊……明兒一早，就把義診的布貼掛出去，好歹盡份心，世道再亂，『人』還是要做的，不是嗎？」

那夜，葛四老爹被安排在飯舖後屋，下弦月逐漸沉落，他聽見不遠處有一群人哭泣的聲音，集市上就有人染瘟垂死了。

西醫陳大夫在東南鄉，借用觀音堂的菴廟開診，出天花的孩子渾身流膿，家裡人把他放在鋪滿青灰的草薦上，用門板抬來應診，陳大夫給他打針吃藥說：「這孩子要能熬過高燒，就能留下命來，但滿臉痘花，變成麻子，是沒法子的事了！」

他看傷寒，治霍亂，也都有過多次經驗，但有些駭人的怪病，他卻是頭一回碰上。有一個骨瘦如柴的老婆子，被家人揹來就診，那老婆子渾身變得一把骨，只是肚腹發脹，她被家人扶著坐起，已成半癡呆，不能說話，只能喘氣，但她的兩耳耳眼、鼻孔和嘴巴，都冒出縷縷白煙來，一般人說「七竅生煙」只是一種形容，誰知這一回真的遇上了！

「她……她……怎麼會變成這樣呢？」陳大夫有些張口結舌，還是對老婆子的兒子問了。

「我們家裡沒糧，成天去野地捉蝗蟲，下鍋乾炒，業已吃了好幾天了！有人說：蝗蟲火性大，吃多了會起火毒，家裡人也沒怎麼樣，只是我老娘她，就得了這種怪病，是不是火瘟？我們哪弄得清楚。」

陳大夫伸出手去，試試病家從口鼻噴出的白煙，那並不是病人內部發燒的熱氣，真是一種悶火逼發出的煙，而且帶有煙的焦味，如果老中醫葛四老爹也在這裡，他見多識廣，也許能瞧出一些眉目來，自己對這種病，根本沒法子醫治。就在這當口，病人七竅的煙愈冒愈濃，連肚臍的部位也噴出煙霧來，緊接著，口鼻都冒出火舌，衣裳呼啦啦的燒著了，嚇得四周圍的紛朝後退，那老婆子竟然不喊不叫，在火舌和煙霧中被焚燒了。

「這可是旱魃入體啊！」有人驚叫說。

「分明是我娘，哪來的旱魃？」病家的兒子說：「不要鬼吼鬼叫的，驚擾別的人。」

陳大夫沒說話，只是把老婆婆吐火自焚的經過，逐項記載下來，要把它帶回去，好和老中醫再去討教。

當天下午，又來了個中年的婦人，她脅下生了個葫蘆大的肉瘤，鼓鼓脹脹的，那肉瘤太重，她只好歪著身子，用手托著它走動，陳大夫檢查過後，決定動外科手術替她割除。肉瘤是割下來了，不見膿血，從那破口裡，紛紛爬出米粒般大的白蝨子來，牠們是把肉瘤當成了窩巢，滿滿一袋囊，怕不有上百萬隻。陳大夫要人把那肉瘤投進火裡，那許多白蝨子在火裡辟叭炸，像急火炒芝麻。

有些患毒骨疽的病人，遍身都起了毒瘡，瘡口不大，但深可見骨，這是一種在骨髓裡流竄的病毒，當時最有效的藥物是六〇六．九一四針藥，這種新的針劑，連縣大藥局都缺貨，莫說鄉鎮，另一種最新的針劑「馬法可生」，聽說在上海洋藥局才能買到，但價格奇昂，一般人根本用不起。他只能使用普通的消炎藥物，配上外用軟膏，要他們忌食辛辣，時時清潔傷口，儘量控制病毒流竄而已。

至於東南鄉流行的瘧疾，耗去他大袋的奎寧丸，療效倒是十分顯著，他教導鄉人驅蠅滅蚊，鄉民們做得挺認真。

在鎮鄉拼命防瘟的時刻，巫堂的紅桃奶奶也大發利市，推出一套一套熱鬧的新項目，在關王廟前空場子上，豎起黑白長旛，燃亮一長串祈福的天燈，說是她膜拜的長尾巴神「黃衣三郎」，已經從東嶽帝君那兒取得了神牒，帶了「梨花姑娘」、「菜花姑娘」，直上天庭，面稟玉帝，玉帝差了六丁六甲，天兵天將，到這方來「收瘟」，要她燒豬起供，舉行迎神賽會。要家家戶戶捐出香油錢，買她的祈福燈，懸掛在宅門前，就可免災。

她手下那些巫童扮成威猛的天兵天將，戴上各式面具，手持長槍刀矛和鋼叉，隨著鑼鼓點子，蹈舞遊街，她更是穿上一身大紅衫裙，頸掛項鈴，腕上和足踝也都戴了串兒鈴，在前頭領舞，信眾們舉著五色旗旛，在兩邊嚕喝助陣，真弄出一番天神下降的勢頭來。

香火堂子，是北方鄉野的老行業，不僅僅是老鎮一地，巫堂的堂主俗稱香頭，不論年紀老小，男的稱師公，女的稱奶奶，小紅桃不過二十出頭的年歲，當奶奶已經好幾年了。她原是老巫婆湯奶奶的徒弟，湯奶奶被一陣鬼風掃歪了嘴，不能下差吟唱了，才由小紅桃出來接手，四鄉八鎮，桃字輩的姐妹淘，還有花桃、粉桃好幾位，論本領，小紅桃是拔尖兒的，一張嘴能把死人說活，她的舞藝也是出類拔萃的。

老鎮的居民，沒有幾個不尊敬徐老爹的，惟獨這位紅桃奶奶，形容他是大嘴巴的「老半吊子」，他讀經入塾沒功名，白丁稱經論道，侃空亂噴吐沫星子，是半吊子，他經商全由手下人盤賬，自當甩手老爺，更是半吊子，他生在前清長在民國，卻又罵前清又罵民國，他是武大郎盤槓子——兩頭不夠有的，尤其是半吊子，他唬弄土匪，訓斥北洋，全是發酒瘋，打人一巴掌再給糖吃，拿錢充殼子好趁機招搖，最後，她總結他是：「大嘴巴的老騷鬍子，全不信鬼神的老惡棍。」

她的話傳到徐大老爹耳朵裡，徐大老爹掀著鬍子笑說：「這個小妖婦，可真會罵人，把我裡裡外外全罵透了！幸虧我沒燒她的狐仙廟，否則她會把我的騷鬍子連根拔光，我不知道在哪兒得罪了她？惹得她恨的牙癢。」

「小紅桃她懂得個什麼？」鎮長也說：「你正，顯得她邪，你真，顯得她假，您跟她冰炭不同爐，她這是心虛情怯，他是用譏誚您壯她的膽子，……她料定您不會計較她的！」

「是啊，」徐大老爹說：「我浪裡浪蕩的活了大半輩子，酒後吐幾句糟是有的，我認真開罪過誰了？我哪犯得著跟她窮計較？說我看不慣她導人迷信，那是事實，遍地鬧大瘟的時刻，她這麼興風作浪的攬法，是會害死人的！」

「您這麼一說，正點到小紅桃的心眼。」鎮長若有所悟的說：「您是老鎮上唯一的人物頭子，您不信邪，她的這碗神鬼飯就吃不安穩，不先把您鬥臭，她不會甘心的。尤獨在這大瘟流行的辰光，她一波一浪會衝著您來的。」

「呵呵，來得好啊！」徐大老爹說：「人說：一正逼三邪，我喝了老酒，騷性大發，何況又有一中一西兩位醫生保駕，說不定能剝黃衣三郎的皮做一把『狐皮交椅』呢！」

葛四老爹從小石橋施完了藥趕回來，先到徐宅會見大老爹，首先對他吐露一項訊息：小紅桃的父母都染上大瘟死掉了。

「她老家離小石橋只有里把路，她爹是個老酒鬼，兩天三日就到杜家小酒坊來買酒，前天夜晚，他拎著葫蘆來買酒，剛過小石橋入集，人就跌倒在路邊，大聲嘔吐，路人把他扶起，才發現他是小紅桃她爹，扶來讓我瞧著，診斷他患的是霍亂痧子，開方熬藥，扳開他的嘴灌藥汁，灌進去全都吐出來，根本沒法子治了。」葛四老爹說：「卞三跟我提起，他家還有一口子——小紅桃她媽，這個染霍亂，那個也跑不掉，何不趕過他家看看，救人不論時辰，卞三點起燈籠，學徒帶著藥，我就親自過去了！小紅桃家的老宅很寒傖，三間丁頭屋，矮叭叭的，沒倒三分斜，小窗還透著燈光亮，就等我們走進那屋，屋裡的燈火卻熄掉了，卞三拎著燈籠照看，籬笆門和柴門都是開著的，朝屋裡叫人卻沒人應聲，『管它，先進屋瞧瞧去！』卞三說著就先跨進屋了。」

「您問進屋後怎麼樣？」葛四老爹喝口熱茶，接著說：「屋裡舖滿麥草，嘔吐狼藉，牆壁燈洞的小燈，因缺油才熄掉，一個亂髮蓬蓬的人，靠在牆角的草束上，臉色枯瘦灰敗，那張臉只有三寸寬了，簡直就是包著一張皮的骷髏，不錯，她就是小紅桃她娘，她還剩一絲鼻息，業已不能言語了，我正準備要學徒替她灌藥，她朝前一仆，喉嚨咯咯有聲，立即就斷了氣了，卞三把這事告訴了董保長，董保長說：瘟疫死掉，按例要立即埋掉，他已來老鎮通知小紅桃了。」

「唅，」徐大老爹說：「她香火堂子香煙旺盛，卻把爹娘放在鄉下瘟死，這倒是什麼德行？這回她該禿了嘴了！」

「那倒未必，」葛四老爹說：「小紅桃接掌巫堂之後，除了應付她爹討酒錢之外，早已不走動了，她爹娘瘟死，也許她會另有說詞，您看著，她的香火堂子，決不會因她爹娘瘟死輕易塌台倒下的。」

事實上，葛四老爹的料算沒錯，紅桃奶奶爲她瘟死的爹娘戴了孝，把她爹娘的死，說成替這一方人應劫歸天，並且貼出「捨己爲人」、「捨身救世」的白布條，她爹娘雖已草草埋掉了，她還買了兩具空棺，紮上青松翠柏的棺罩，在巫堂邊設了靈堂，大唱收瘟解劫的戲，大跳白衣吊孝的天魔舞，一把鼻涕一把淚的，塑出她孝女的形象，硬說她是「救世忘親」，只能在他們死後贖罪。

陳大夫回鎭後，徐大老爹又請一幫老的來宅喝酒，巫堂的鑼鼓聲，彷彿變成他的催花酒令，心裡越鬱，喝得也就越多，徐大老爹說：

「世道怎麼變成這樣了？我這大嘴大舌成了烏鴉，她那巧嘴巧舌卻成了喜鵲，她能把圓的說扁，又能把扁的搓圓，兩位醫生四鄉跑斷腿，倒不如她耍耍舌尖動動嘴，真是邪門！」

「若說紅桃搶功的本領，倒真是有她一套，」當舖的老朝奉說：「這場大瘟疫真要收了尾，分明是兩位醫生的功勞，卻被她說成是：她求來的天兵天將收瘟，她爹娘捨身救世弄來的，她再要個『空棺送葬扮孝女』，天下便宜豈不被她佔盡了？」

「我想我知葛四老爹不會跟她計較這些，」陳大夫說：「我在東南鄉遇到一些難解的怪病，甭說沒見著，連聽也沒聽說過，正想回來請教葛老哩！」

他這麼一說，就把小紅桃惱人的話題給扯開了，大夥兒都饒有興致的轉瞧著他。

「請教二字，老朽萬不敢當，您不妨說來，讓咱們一道兒琢磨琢磨。」

於是陳大夫便把吐火自焚的老嫗、肉瘤裡開刀取出千萬白蝨的怪事說了一遍，最後，他加重語氣說：「人都講：耳聽是虛，眼見是實，單這兩宗怪病，要不是我親眼所見，別人說了，我也不會輕易相信的。」

「越是荒亂的年代，稀奇古怪的事越多。」葛四老沈吟了一會兒，才緩緩的說：「病家吃多了蝗蟲，起火毒的病例不少，當年我也瞧看過，若是單吃蝗蟲，體內不至於起火自燃，她一定還吃了些硝磺類的食物，像地上刮起的硝鹽，觀音土裡所含的硫末、石灰質，在乾癟的肚腸裡湊起來，那就難說了。至於白蝨入體，病例並非沒有，有人頭蝨太多，在髮根進入皮下層做了窩，頭皮墳起腫塊，中醫不開刀，用藥薰洗，把蝨薰死在裡面，等患者脫皮時，那些薄如紙片的乾蝨自會脫出來，這個婦人的居處太骯髒，經年不洗澡，才會養出這麼大的肉瘤來……這是國醜，千萬別跟洋人醫生去說才好。」

葛老四爹像是一本活的醫書，趁著酒意，又講述了許多怪症，像餵乳的男人，生長鬚的女子，婦女生產，產下一堆古錢的，也有未嫁女大腹便便，產下人面蛙來，因她站在水中洗衣，蛙精流入子宮成孕，便列入疑難雜症了。

在漫漫長夜中閒談起這些亂離世道的鱗爪，大家都仍掛念著大瘟，沒有承平年間那種興致，徐大老爹最後感嘆的說：

「人常說：不經一事，不長一智，很多活學問，都是苦日子裡熬煉出來的，即使熬過這場大瘟，誰又敢預料朝後的日子，又飄來什麼樣的愁雲慘霧呢？無論如何，人活著總要熬下去的，大夥兒提口氣，過關斬將罷！」

小紅桃用空棺送葬那天，仍然很有排場，她替她瘟死的爹娘紮了許多蒭人紙馬，請了一班吹鼓手一路吹打喪樂，送葬的行列繞著長街走，可惜天公不作美，滴滴嗒嗒落起小雨來，滿天的金紙銀箔飛不起來，都落到泥濘裡，加了青松翠柏的棺罩上，分別立了兩隻紙紮的紅冠白鶴，紮工很精緻，棺木行進時，白鶴還會點頭抖翅，擺出振翼欲飛的樣子，棺後的小紅桃披麻戴孝，後面跟隨著巫堂送葬的，用竹竿挑著頌讚的白幡，不外是：功德圓滿，往生極樂的套語。

誰也沒料到，送喪時還好好端端的紅桃奶奶，回到鎮還不到兩天，就中煞染病了，巫堂的巫童們口風很緊，絕口不提她染的是什麼病，不讓人去看，也不請醫生，但紙總是包不住火，最後終於有人悄悄傳出，她發燒發熱，渾身燙得像炭火，——她出天花了。一般人出天花，多半不會要命，最多落得一臉的麻子，鄉下人並不會嘲笑人麻臉，尤其是金錢般的大麻子，更是財富的象徵，何況人人都曉得，明太祖朱元璋就是麻臉皇帝，有些流諺更形容說：十個麻子九個富，一個不富沒屁股，但走遍各地，人們所見到的麻臉，絕大多數都是男人，一兩個女的，也只在眉邊眼下有兩三粒甜麻子，沒有滿臉坑洞的。小紅桃做香頭奶奶極當紅，雖說她天生伶牙俐齒會迷惑人，她那張姣美的臉蛋兒，卻是更大的賣點，人說：人怕傷心，樹怕剝皮，她要是麻了臉，就像剝了皮的樹，她怎能不傷心？若是替她想，她寧可得霍亂死掉，也不願染上天花的。

從小紅桃奶奶出天花痘的消息傳出後，香火堂子就貼出「本堂整修中，暫行封閉」的帖子，沒有外人再見過她，老中醫葛四老爹要去替她義診，遭到巫童嚴詞拒絕，巫門的病，傳統上都是吞香火，喝符水，由他們信奉的仙姑神郎來醫的，再說，依小紅桃奶奶的個性，寧死也不願向醫界低頭，那等於是自砸飯碗。

當徐大老爹知道這事後，神情顯得十分落寞，他對這些老友嘆口氣說：

「完了，小紅桃奶奶這回是死定了！沒想到這場大瘟，竟由她唱了壓軸戲，我們雖不信她的邪門外道，但也無冤無仇，世上少了個會罵我的人，朝後的日子我可就更難過了！」

聽話的人當時還有三分存疑，但第二天一早，消息就傳了出來，那位紅桃奶奶吞大礬自殺了，留下遺言，要在巫堂前空地上火化，巫童們事先架妥乾柴，把她的遺體用粗麻布密密包裹，抬放在柴火上面，起火前，繞著柴火堆又跳又唱，然後點起火來，紅紅的火舌像萬道金蛇，在紅桃奶奶身上竄舞，不多時，她的屍身就成了一條焦黑的硬棒。誰也不會見到麻臉的紅桃奶奶，只看見偶爾從雲縫裡探出來，又立即隱匿的太陽。

大瘟總算熬過去了。打那天起，徐大老爹變得很多，他光喝悶酒，不再大嘴大舌的講話，小紅桃遺體火化，算是「棋高一著」，她不願躺進「老騷鬍子」捐給她的棺材。——她死前就料定徐大老爹會捐，正像他對待一個罵他的劉老神仙一樣。

初獵

在宜於行獵七月的晴朗，我沿著楠梓仙溪乾涸的臥石溪床北溯，想入山去碰碰運氣。從甲仙到上茬濃，楠梓仙溪和四社溪流經的山群中密佈著森林，成爲南台灣知名的獵場，盛產鹿、麂、大麋、山羊、野豬和猴類，我想自己的槍法再差些，也不至於空著獵簍回來的。

一路上，對於獵場的情況，我詢問過山區邊沿的居民，將它詳細記載於臨時繪成的草圖中。按草圖所示，我知道兩溪皆起源於玉山的八通關，平行流向西南南方；在甲仙東北，步行六小時的路程有中國石油公司的油井，上茬濃番社正南，有山林管理所和歸納試驗所；以上各處皆可借宿。很顯然的，在常年山居寂寞中，他們會歡迎我這樣的客人哩。

許多年來，我一直嚮往於屠格涅夫在獵人日記中所描寫的行獵生活，書中那些草原、沼池、橡木森林，曾在我靈魂深處挑起輕輕的戰慄的詩情。實在說，我根本沒有一點行獵的經驗，儘管表面上打扮得很像一個獵人。

日午時分，我已進入無人的山野，天泛著深深的藍色，金灼灼的陽光照亮溪床中舖展的臥石，像曠野上數不盡的羊群，四周圍繞著疊翠的崗巒，東南遠處，兀立著雄偉的卑南主山，它紫色的峰影浮現於透明的大氣中，稜岩和山溝的黑線全看得非常明朗。

幾小時後，薄暮初臨，溪床彎曲盤旋在群山之間，更見窄狹，低凹如深谷。漸漸的，蒼茫的暮色低低垂掛下來，遮斷了近處的林壑，從黯紫幻入墨黑，西天還留著幾條帶形的暮雲，被日落餘光射透了，泛出凝滯的深玫瑰色。卑南主山悄悄隱沒，只餘下一道極模糊的黑色輪廓，顯露在天的深藍與晚霧的玄紫之間。而這些暮景也在極短的時間內消失了。

上弦月從霧雰中昇起，帶著美麗的彩色暈輪；山風初臨，暑熱漸消，林嘯聲在遠處迴盪；我在石隙間的淺流中掬手洗臉，斜倚著一塊光潔的山石取食乾糧。山中的月夜有一種曠寂的美，又涼爽，又清新，想到入山前對於毒蛇、旱蛭和山蚊的恐懼不禁啞然失笑。

現在，月亮穿過白色的流雲，黯影飄過溪心，無數流螢像迸射的藍色星火，群舞於兩岸的灌木和山草之中，四周蟲聲如沸，間聞梟鳥怪異的嚎笑，偶然間，一隻肥大的山雞從沉睡中驚起，掠過兩山之間的溪床上空，牠飛翔緩慢，一下一下的響著沉重的撲翼聲。緊跟著，黑黑的林間迸開一群受驚的宿鳥，發出噪雜的啼叫。有一隻睡眼惺忪的斑鳩，繞著我頭頂飛旋兩匝，落在一塊灰白斷壁中間垂生的細葉樹上，月光自樹頂落下來，牠停落於枝間的黑影非常清晰。

我瞄準牠放了一槍，槍聲傳遍萬壑，我顯然沒擊中牠，牠又飛落到遠處去了。我並未為第一槍射空懊惱，深信在明天，定會射中那些比較呆笨的山雞的。

槍響後不久，發現西面的山林中有一點搖曳的燈光亮了過來。

「誰在下面?!」一個蒼老宏亮的聲音在崖上喊叫說。

「我——一個打獵的。」

「我知道你是打獵的，」他粗暴的說：「你不會獵走這些樹林罷！」

隨著他叫喊的迴音，他已用矯健的姿態從極陡的坡面上滑行下來，舉起他手中圓孔風燈照射著我的臉，足足有半分鐘，他才吐出一口氣，歉然的說：

「對不起，先生。原來你真是個打獵的——我當是一隻山猴哩！」

「山猴?!」我想我只有苦笑的份兒了。

「唔，我們把盜伐森林的人叫山猴。我姓岳，是此地山林管理所分出來的看林人。」

看林人老岳高大健碩，汗衫短袖下裸露出赤紅粗壯的雙臂，臉孔黧黑多皺，雙眼微凹，望人時總帶著發怒的樣子，但他笑時凸出赭色的厚唇，又有一種可親的魔力。

「我的小屋就在那邊，不嫌齷齪，就請您一道兒用茶歇夜去罷。」他說時除去草帽，露出光禿的大斑頂來，最使人驚奇的是他後腦的餘髮全已白了。

我接受了他的邀請，和他攀上山坡。

「您今年多少歲數啦？」

他把風燈換了手：「整六十。」

若不是他說得那樣坦率，誰也難相信他是六十歲的老人。他腿臂肌肉健強，胸膛凸起，語音宏亮，毫無老態。一路上向我津津有味的談起他的過去。他是湘西人，早年參加軍隊打過北伐戰爭。廿年前，子彈打穿了他的腿部，便轉業到農林單位做看林的人。

月光突然黝黯，我們已轉進一座森林。這只是一座樹齡很淺的雜木林，因爲行間濃密，夾生著許多低矮的灌木與蛇形蔓藤，使空氣中帶有陰濕的氣味。月光費力的穿透葉隙，灑下無數細碎的銀色圓點，隨風移動著。林木深處，有一些圓形的光潔而略泛赤紅的樹幹上，停落著成千累萬的彩色大蝶，一見到燈光，便紛紛搧翼起舞，像一陣彩色的紙屑。老岳告訴我，在那些樹幹的裂隙，常流出一種芬芳的帶有糖質的樹液，山蝶便愛棲止了。

轉折上行，森林稀落處現出看林老人的木屋，它披著月色，靜立於山風激起的林嘯聲中。木屋約四坪，建築在被砍伐了的斷木上面，外形粗糙結實，用一些連皮的橫木釘成牆壁，凸出處仍留有斑駁的斧痕。

我爬進屋中，老岳把風燈吊在廊下的木鉤上，用鐵釜煮起葉茶來，帶濕的柴枝燃燒時飄出縷縷白煙，閃亮的紅燄照著老岳的臉。

「常有打獵的人在這裡留宿嗎？」我說。

他側過露在窗上的頭顱：「我只留你這樣的獵人罷了，先生。——要是您不生氣，我說：七月進山很不適宜。去年，也是七月裡，有個什麼教授要進山找標本，被大雨留在山裡。很麻煩不是?!害得林場上的伐木工人全丟下工作，上山救人。——您不是老打獵的，我一見面就知道了。」

「至少我不是去年那個教授啊！」

「就是老獵人也沒有用。」他不經意的伸著頭嗅了一嗅：「我說先生，風裡聞得出腥味，明天就有大雨。——你聽，屋頂上的信鴿很不安穩。我在山裡待了八九年了，不會料錯的。」

我望望窗外的天色，斜斜的山月如眉，帶著怯怯的寒意下沉，木屋周圍的草葉上，滾動著晶瑩的露珠。

「這麼大的露水，明天會有大雨？」

他忽然大笑起來：「不信你就試試罷。」

我們在廊下的月光中飲茶，老岳跟我談起森林，他對這片山野上所有的林木如數家珍，甚且連各種野生植物的科類都分得非常清楚。另外，對於山中的天氣、濕度、地質、各種獵物的特性，也告訴我很多。

「我很不放心讓你單獨進山去。」他說：「雨季進山是危險的。——可惜現在我離不開林子。山猴們常趁山溪漲水的時候偷伐木材，利用溪水把木材漂下山去，另一批人在下面勾撈這些流木，趁夜間避過林警查緝，用汽車運走。」

「平時呢？」

「平時他們有什麼辦法?!——沒有人能扛著木頭走兩天山路。要是在冬天，我就陪你進山去了。」

「這樣說來，山猴們可真麻煩您囉，老爹。——大概那些人的生活很困難，才做盜林的事罷。」

「困難?您說他們生活困難?!」老岳突然激怒起來，臉更紅了：「喏!你看。」他從身上掏出一個鹿皮的大錢袋，抖開袋口，裡面幾疊厚厚錢鈔落在地板上：「這是我上半年的薪水。我說：錢只是人造出來的，人卻是天生的。沒有錢，天一樣能把人養得活。拿我來說：一個孤老頭子，產業全在身上，如果窮苦逼人犯法，我該去殺人放火了!……實在說，先生。八九年來，我沒用過什麼錢。在那邊荒地上，我種了些山穀，林子邊上多的是野菜，我又種些瓜和豆，足夠吃的了。……我說，沒出息的人才犯法呢!他們亂砍未及齡的樹，糟塌材料，何止沒出息?!簡直沒良心了!」

「你怎樣對付那些山猴呢?」

「我呀!我捆住他們，用山藤打紅他們的屁股!」他露出野性的白牙笑說：「我每回全發這狠，實在還沒打過。」

他為我重斟了一碗茶，話題又轉到打獵上了。

「你常打獵吧，老爹。」

「噢，我嗎?」他搖頭：「現在不打了。——我早年在老家當過獵人哩。你可知湘西風俗?傳說打獵是喪德的事，只是沒家的孤苦人才幹那一行。我那時年輕氣盛，只修今生，不修來生，才做了獵人。」

「那您現在？」

「嗨！」他嘆了口氣：「說起來話長——你知道湘西有一種怪異的傳說，叫做『封銃』嗎？」

我點點頭。好像曾聽湘西的朋友講過關於「封銃」的事：那真是一種很靈驗的法術，據說有些山野，經過當地有道法的人用咒語封了，獵人若未經允許入山打獵，火銃便失靈了。

「一個落雪的冬夜。」老岳帶著回憶的聲音說：「我在林中遇上一群山鳥，牠們宿在一棵高大的古樹上；雪是白的，鳥是黑的，看得清清楚楚。我悄悄走過去，把火銃端準了，發了一銃。銃聲響過之後，我打算在雪地上撿拾落下的山鳥，誰知一隻也沒射落。」

我望著他臉上那憂懼的表情，不禁插口說：「難道是遇上封山的法術了嗎？」

「可不是?!」老岳緩緩抬起他的臉，凝望著林梢上的山月：「當時，我根本忘了一切，只想要擊落那些山鳥。直到把袋中的火藥打光了，那些鳥還站在枝上。牠們的羽毛已被槍火燒光，還賸下一付一付的白骨，在那裡哀叫。……後來，遇見一個過路人，我就把這情形告訴他。那人說：『山下路邊有間小屋，屋裡有個老乞丐，你快去求他。——山是他封的，只有他能解。他若不答應，你就活不了三天。』……我去求老乞丐，你知他說什麼?他說：『你怎麼不想想那些山鳥?!山裡落了幾天大雪，牠們就餓了幾天！風把鳥巢吹落了，牠們就忍飢受凍停在風雪裡過夜。你忍心殺牠們麼?……去罷，只要你心裡認罪就有救了……』

「啊！」我說：「真有這回事麼？……這在我們年輕人聽來，多少帶點迷信的意味哩。」

「迷信麼?!」他慨嘆說：「我們從開天闢地起就迷信了幾千年。先迷信神鬼，後迷信洋玩意兒。——迷信槍桿也不夠可憐麼?!我見的多了！許多迷信槍桿的將軍帥爺，結果還不是死在槍上。……從那天起，我就不打獵了！如今住在山裡，眼見天上的飛鳥，地上走著鹿，覺得很安心。——我說這話的意思並非勸您不要打獵。自覺一個人活在世上，應該約束自己。」

「對啦，老爹。」我說：「按理說：各人都管好自己，世界早該太平了。可是常常『人不由己』哩！」

我們帶著沈醉的感情傾談到深夜，就結束在茫然的慨嘆裡。我想，在我的一生當中，這山中的月夜將留給我難忘的印象了。看林人老岳沉鬱的面貌常爲爐火染紅，他的語言直率而坦誠的流瀉出來，像挾著未經淘煉的金沙的泉水，曠野中閃耀著澄澈的智慧。他未受過學校教育，教育那老人卻是他自己的一生。

臨睡前，我藉著窗口的燈光詳視草圖，預計當明天早霞初起時轉向東行，通過舊瑪雅鄉的隘口進入管制山區，午夜間可越過那次岑山麓的大山溝，在那柚木叢生的臨澗處，或可發現鹿蹤。舖被就寢時，鐵釜下的爐火隱射殘紅，斜月由蒼白轉成金色，落入參差的林叢，山風更加猛列，頗有寒意。由於一天跋涉的辛勞，很快就酣然入夢了。

現在，木屋已隱沒於身後的林中了，我正迎著霞影東行。由於看林老人的指點，我已通過隘口進入布農族山胞的居地。風在午間全止，遍地蒸騰著難耐的燥熱，雲層厚重，成捲積狀捲伏於天腳，惟留天頂一塊澄藍，形如巨大的井口，這正是風暴欲臨的兆示。

簾瀑山與那次岑山間的大山溝展佈在斷巖下面，巖上的森林參天蔽野，多爲原始的柚木、杉木和檜木，巖間藤莽盤曲，綠灌如波，我匿在一株老檜背後，許多獵物皆在我附近出現，但我的注意力卻爲嶺下的一對大麋吸引住了。麋是鹿種中最美麗的一種，沉靜溫馴，遍身帶著淺赭色的斑紋。牠們並立在澗水迴環的石潭邊，靠近一塊生滿蘚苔的立石；綠光從巖上落入潭心，潭面的波紋中曳盪著雙麋的影子，恍如仙境。

我望著那對大麋，被牠們的美麗懾伏了，等牠們隱去之後，才想起手中的獵槍，由這一點，我推想到一個深愛大自然和諧面的人，實在很難成爲一個好的獵人；像方才我原可以擊中一隻大麋啊！可是，我畢竟缺少看林老岳那樣的慈仁，雖不願射殺大麋，卻仍在林中開始行獵。

因爲槍法並不高明，我開始就沒能射中山雞和一隻擦身而過的野兔，槍聲響後，受驚的獵物全從匿處驚起，向林木深處逃竄，我跟著奔逐許久，僅僅射落一隻班鳩。這時，太陽已經西斜；我就揀一處近澗的凹石昇起火，來燻烤那隻鳩鳥；鳩鳥燻熟時，又近黃昏了。絢爛的晚霞橫舖在西方，爲捲雲鑲上一層金黃灼亮的光邊，落日包裹於霞衣中，伸開許多條柱形光腳直射天頂，使藍空被洗成條條淡白色。一條斷虹出現在東方，一群蒼鷹在虹下飛翔著。雖說山中的氣候多變幻，根據晚霞和斷虹來判斷，該是風暴化去的現象。天轉好時，使我很安心，因我可以從事夜獵不必爲露宿擔心。回程時再遇見看林人老岳，他也該爲過份自持的判斷臉紅吧。

我用石塊壓滅餘火，沿斷崖北行時天氣卻起了劇變。一塊積雪突從林梢上上昇起如蕈，它似乎像一塊黑色的磁石，吸引附近的游雲，風暴的來勢非常急速，四方的雲片在秋蟬金屬的尖鳴聲中上升、匯合，狂風驟搖林梢，暴雨便傾盆潑瀉下來了。

突來的暴雨粉碎了我夜獵的想法，山雨之間所帶來的昏暝是可懼的，我已不能望見十步開外的物體，似乎只要一伸手，就能摸著頭頂上的雲層了，這樣呆立下去是不行的，黑夜已將來臨，渾身冷濕不堪，必須要尋覓妥宿處才好。我無法在雨中越過山溝，也弄不清瑪雅族番社及其他山村所在的方位，只好穿林北走，把一切寄託在另一次奇遇上了。

這樣行有一小時，真的發現一點隱約的燈光，那彷彿是一支招引的大手，使我朝他摸索過去。

忽然間，腳下一軟，我真的遭逢另一次奇遇了。等我從驚怔中醒轉，明白是怎麼一回事時，一切已經晚了。

我記得看林人老岳特別為我介紹過這種獵獸的吊桿，它是山胞們原始狩獵方法的一種，它用多年巨竹做成，彈性極強，可輕鬆的彈起各種巨獸，——可憐我最多抵上一隻鹿罷了。——我的右腳正踏上置放吊素的翻板，全身被倒吊在半空，我只覺得右腳奇痛，頭部暈眩，便發出淒慘的呼救聲。

我已不能記起懸身在吊桿上究竟經過多久了；等我從無涯的黑暗中醒轉，發覺已在一間古陋的石屋中。榻邊的立柱上，凸出一對浮雕的人頭，一盞小小的燈焰搖曳著，彷彿一粒遙遠的星芒。雨仍舊落著，能聽見簷漏淅瀝和葉簇的沙沙。又恍惚仍在夢中，與看林人老岳共度山中的月夜。木屋中那些樹脂氣味，簷下搖影的風燈，煮茶時爐火的酡紅與屋頂信鴿的低語……一切依舊。

我再睜開眼，雨已停了，一鉤山月貼在西窗上角，落我一臉如夢的清輝，我眼光略作游移，從立柱、壁板和檻楣發現了許多浮刻的人頭、裸像、刀矛，蜷蛇紋和斑鹿紋，從那些古拙的雕刻上，我判定是在山胞的舊屋之中，被他們從吊桿上解救了。

在一扇已經燻黑的樟木崁板上（即屏風）外面，響著一種細碎而有規律的搗杵聲，聲音中帶有空靈的韻緻，接著，聽見兩個女子的蕃語對話。一會兒，一個約十七八歲的山地少女出現在崁板那邊，笑著用國語問我說：「您醒了，要什麼，先生。」

來。

「水。」

她不單帶來飲水，還帶來藥草和蘚苔搗爛的糊狀物，爲我敷腳部的傷處。我們交談起來。

「能告訴我妳的名字嗎？」

「許炳。」她說：「這是我的國語名字——戶籍人員代取的。我唸過國民學校。」

「你們在巖上裝的吊桿？把我當成一隻鹿了。」

她搖搖頭：「不，我們家沒人打獵了。那吊桿是一個來這邊移耕的人安的，常吊起鹿和鹿子，我聽見您叫喊，才過山溝去的，很久才救下您，腳傷得不輕哩。」

「吊桿的主人不去救我嗎？」

「他醉了！」她說：「他常常醉在那邊草寮裏，有時，隔兩天才去取下吊桿上的獵物。——要不是我們聽見你叫喊，你會在那裏吊兩天。」

「噢！」我想起吊桿，不禁倒抽一口冷氣。如果真吊上兩天，我想我會被山鷹啄光，只有一付骨架了。

一時，室中沉靜下來，她取了針線，爲我縫綴撕碎的衣裳。我在昏黃的電石燈光下端詳著她，沒戴一般山胞少女的佩飾，她微陷的大眼中流露著溫柔、樸訥和真率的感情，黧黑的臉龐與雙臂皆很豐潤結實，溢滿青春的魅力；她黑長的睫毛眨動著，專心的致意於縫綴，縫姿也有著極端古樸的美，正如她祖先遺留下來的那些雕刻，浮雕線刻中強烈的表現出單純無邪的情感。

之後，從一些斷續的交談中，我知道她的原名叫泰瑪妮，是瑪雅地區散居的卑南族，現只和她的寡嫂同住在一起，從事定耕。

那些蘚苔和野生的藥草對腳傷的治療的確很有效，在泰瑪妮家休息到第三天，我已能起床散步了。正如看林老岳所料，天氣並不見好轉，使我根本喪失了冒雨行獵的興致。連日狂雨沖走了山溝上的竹橋，渾黃的山洪朝下瀑瀉，發出轟轟如雷的響聲，震動山谷，我曾小立在山巖上望過歸路，山洪在谷底的石稜上碰濺出四散的水花，白泡流散，像排排怪獸的白牙。

「泰瑪妮，那是什麼？」

「啊！」泰瑪妮指著吊桿：「那邊吊起一隻母鹿了。」

那確是一隻母鹿，被吊起在我曾失足的巖上，吊桿下，有三隻尚未含茸的小鹿，呦呦的鳴叫著，鳴聲稚弱而淒涼。可不知怎麼的，我突然爲那樣的鳴聲觸動了，泰瑪妮受驚的臉在我眼前晃動著，端凝的大眼含滿溼潤。我覺自己的心從未像今天這樣柔和過，溢滿情感和無邊無際透明的悲哀。人類乃是自私的，只知道同情和解救他們的同類，卻願意造成這樣的悲劇，事後去割取鹿角和鹿皮牟利。看林人老岳說得夠明白了，我爲何仍進山來行獵呢?!

「可憐的鹿，牠就要那樣活活的被吊死了！」

泰瑪妮沒有回答我，蒼白掠上她的臉。

「怎麼了?泰瑪妮。」

「打獵不是很好的，先生。」她戰慄的說：「我哥哥塔耶從前也是獵人。族裡本有規矩，每年行獵先要立誓謝神，不准獵取母鹿小鹿，只獵夠全家佐食就該停獵。……塔耶不信，用吊桿獵住一隻母鹿，結果神罰他墜崖死……了……」

泰瑪妮的述說雖充滿原始的迷信和觀念，它一樣深深地感動了我，更使人難忘的是她述說時大眼中流露出的哀切的情緒。

「我們能繞道過去嗎?」

她搖搖頭。

「那麼，我們去找那獵人去吧。」

冒著雨，我和泰瑪妮沿著一些狹長盤曲的初墾平台，走到那獵人所住的草寮去，草寮搭在狹谷裡，由對峙著的灰藍的峰線望過去，可以見到斷崖上的吊桿。我去時，那獵人不在屋裡，可能到別處去了。我無可奈何的回望崖頂，彷彿覺得那裡吊著的不是一隻鹿，而是自己。

那夜我失眠了，泰瑪妮也一樣，她一直在外間的燈下縫綴，不時用針板上的蟲蠟潤針。

絕早我就起身探視對面崖上的鹿，牠已經死了，一動也不動的垂在那裡。許多山鷹繞著牠的身體飛旋，發出貪婪的嗚叫。

天氣晴朗了，帶風哨的信鴿從遠處飛起，山洪也退落很多，我想應該是回去的時候了。我離開泰瑪妮的家，取道原路回去，到傍晚的時候，又望見看林人老岳的木屋了，他在屋前迎接著我，樣子有了變化，他好像曾和誰毆鬥過，渾身濺滿林中的泥濘，臂上包紮了一條毛巾，隱透著血跡，額角上受了重擊，隆起一個青紫疙瘩。

「怎麼樣，我說會有大雨吧！——你獵了些什麼？」他仍然若無其事的伸起他多毛的大手指拍著我說。

「一隻斑鳩。」我望著他說：「你怎麼弄成這樣了?!」

他裂開厚唇大笑起來：「來看吧，我捉住一隻山猴哩！」

那個被捉住的盜林人垂頭喪氣的坐在木段上，他生得很矮小，穿著破爛的褲子，蓬一頭直立的短髮，兩眼骨碌碌的轉著望人，真像是一隻山猴。

「他趁著沒人時，在裡邊鋸林子。天喲！這狡賊，他竟鋸那些初生的印度紫檀呀！」老岳激憤的有些氣喘：「我從背後捉住他，他竟咬我膀臂，施山斧柄擊腫我的額角。」

「我……我沒有，先生。」那人說：「我是那次岑山邊的獵人，在崖上裝著吊桿。這次下山來買酒，只是順手…順……手砍幾隻枝木回去做桿架。」

「我要打腫你說謊的嘴。」老岳咆哮道：「那邊沒有木柴?你要到這邊來砍伐，你怕流木流經隘口被人發現，你這賊。」

那人的謊言一經拆破，臉變慘白了，不安的絞扭著雙手，嘴裡發出模糊的喃喃。

「真是冤枉哪，……先生。」

「冤枉麼?!」我笑笑說：「你又是一個私墾者，到處移耕。你把獵物放在吊桿上腐爛，你成天酗酒，更來盜獵，如果把你送下山去，你應該判三年的監禁！」

他突然跳起來，恐怖的瞪大眼睛叫說：「我…我……你全知道了！」

我捲起褲筒：「我在你吊桿上吊了半夜，若不是泰瑪妮救下我，到今天，怕被山鷹啄光了。那樣，你得再加一項過失殺人的罪名罷？」

那獵人顯然受了極度的驚恐，他眼光凝滯，充滿恐怖，蒼白的額上沁著汗滴，眉眼痙攣著，踉蹌的後退，而我卻捏起拳頭，一步一步的逼近他，咬著牙說：

「你聽著，還有哩。——你吊住一隻母鹿，你知道山胞的傳說，吊住母鹿讓牠死去你會怎樣?!你記得泰瑪妮的哥哥塔耶罷?!那山崖也在等著你！它等著你！聽見罷——那母鹿已經死了……」

他聽著，聽著，雙膝一軟，便跪了下去，他那樣戰慄許久，才迸出一個字來：「天呀——」便昏迷過去了。

「你打算把他怎麼樣處置呢？老爹。」

老岳的臉色黯淡而柔和：「放了他吧，他已經受夠了！」

「放了他?!」

「嗯！——你不是也射殺一隻可憐的斑鳩麼？」他說著踢踢那個盜林人說：「起來。你！」

盜林人睜開眼，無力的望著我們說：「我該…受罰……老爹。」

「你給我滾吧。」老岳說：「下次我不想再捉到你了。」

那人沒有動，彷彿不相信會是真的，他呆了一般的直瞪著老人的臉，那張臉上的傷痕被落日照得很清楚，碗口大的一片紫青。突然，那人叩下頭去，把他的臉緊貼著泥土，許久，立起身，悄悄的遁進林中去了。

當時，我只呆站在一邊，什麼話全沒有說。夕陽帶著它金黃的顏色，射透了遠近的山峰，無數歸鳥在林梢上掠過，發出安然的群噪。我聽著，望著，決定向可敬的看林人告別。

「怎麼？——你不在這邊過宿麼？」

「不了。老爹。我覺得在這樣的山裡，不需要我這樣的獵人了。」

沒有梯的樓

他上班時，她總送他到門口。那還是在蜜月中養成的習慣。他走完狹巷裏最後一塊橫舖的石板，轉臉去看她；她倚著平台的圓柱，手抓著圍裙朝他微笑，略顯斜睨的眼裏帶著點兒痴迷的神情。浪形的檐影切斷她的身體，使她的臉留在陰暗中，而花裙的裙裾卻趁風嬉弄陽光。

一種甜蜜的印象忽然變成淒酸的了。他轉過街角，燃起一支煙等候巴士。一街漠然的流動的彩色穿過晨光遠去。他的思緒在煙霧裏飄游起來。婚樂在腳下響著。紅氈是無波的海。她曳地的白紗裙上跳著許多小小的音符。飄著。托著。那音樂迴透過兩年的光陰，使人有軟軟的飄浮的感覺。酸人的悲劇開始了。誰也意想不到的！

開始並不是一種錯誤。雖說沒經過戀愛，當他初見她時就已有了戀愛的感覺。訂婚前，他和她只見過一次面，在下午，在那座灑滿陽光的二樓洋臺上。她穿著茶綠色的洋裝，婷立在兩株常綠的盆景中間望街景，手肘撐在鐵欄上，短短的衫袖中生長出一截裸圓的白藕一般的小臂，手托著腮，一蓬閃光的黑霧勾映出臉部一彎俏麗，而她整個身影被貼在對街屋頂上的淡藍裏，一組電線橫過她的腰，使他生出「她是一個音符」的幻覺。他望著她裹在緊身裙裏的腰身，覺得自己的心像塊方糖溶在熱水裏。

「她是誰？」

「她是誰?!」朋友的太太眨著眼：「我們房東老太太的女兒。要介紹嗎？」

他笑出一個「要」字在臉上，沒聽清朋友太太在介紹時說些什麼。她轉過臉，笑一笑，展出她一口又白又圓的令人心碎的牙齒，旋即飄走了，使杯裏的茶變得很苦。總之，在初次見面的印象中，她是晴藍裏的一朵淡色的雲，並不太美，但充滿柔和、沉靜、飄忽的感覺。正是他所需要的——一個中級公務員夢想的妻子。

朋友太太很忙，把所知的關於她的事情全都告訴了他：老先生在鹽務局做事情。老太太很古板。一個有體面的半古老家庭。她有兩個哥哥。大哥在西德留學。二哥是一家公司的副工程師。她不愛說話，很少走出房門……

那已經夠了。——最合他的理想了。是自己錯嗎？絕對不是。

他跟魚貫的人群搭上巴士。彩色的流液在車窗外旋動著，把陽光一塊一塊的載走了，載不完的陽光仍落在柏油路上，傜橫街而過的人影踐踏。

後來藉故去拜訪老太太，一屋的陽光像投進長窗的黃色浮煙。她坐在一架老式的鋼琴前面，琴台的碎瓷瓶裏插著幾支盛開的劍蘭，大朵紅花罩著她低眉的臉。僅僅是眼波流轉的一個帶點兒羞怯和陌生感的淺笑就已經夠人沉浸迷離的了。她的手指在琴鍵上，一個一個泡沫似的單音符，清脆、圓渾，頓然停歇；他再抬眼時，她已飄到廊外的花園裏去了。花影搖落在她碎碎的裙浪上，她腳下踏著一園熟透了的秋容。

旋轉，黑色圓頂的建築。旋轉，方匣形的新型的高樓。那些美得迷離的印象像膠一般的黏在人心上，他舉起眼，身後的街景由於陽光的眩射清晰的閃動在對面的車窗玻璃上。

朋友太太聽了他直截了當的心思之後，答允去做一次月老。出乎意外的簡單。老太大竟一口答允了。舊式的訂婚。訂婚後經他一再要求，他和她一起去看過一場電影。他們沒講一句話，因中間夾著她的母親。

也許錯在那惟一的機會上？

思緒繼續下去。悲劇在喜劇下面悄悄進行著。但初夜的回憶是醉人的蜜。她不說話。他擁的是一朵溫熱而不說話的柔雲。她的名字正叫做「柔雲」。那時正是秋天，一朵像秋天那樣豐滿成熟的柔雲終結了他多年渴望的夢，而真實的夢境已展開在羅帳裏。帳紗的細影在粉紅色罩燈的光暈裏裹住她渾圓光潔的身體，她不再飄忽於印象的晴藍。

然後是蜜月，他和她一起旅行到阿里山去，使人衣袂生寒的晨風裏，攬她於峰頂等待日出，而東方魚鱗狀璀燦的霞雲彷彿是誰用彩筆爲他們描出新婚裏所經歷過的昨夜、昨夜和昨夜。那時他很平靜，和平常人一般的平靜。他曾想過他該是一個幸福的乘雲者。

巴士急駛著，彈簧坐墊使他重溫乘雲之感覺。

而他必須下車了。精神病院的招牌把一切美的印象和感覺全砸碎了。巴士遠去。陽光遠去。他站在精神病院門前的紫藤花架下，伸出微顫的手去按門鈴。他必須要面對事實——院方或許能根據她的病況，給予他一種指引。這裏是全國知名的精神病院之一，主持人更是精神病科的權威，他掙扎著不使自己在這場非人爲的悲劇中向下沉落，而讓原本美滿的婚姻化成一場悲慘的噩夢。

發現柔雲具有不正常的精神性疾病，是在婚後中的第四個月中的一個月夜，他們挽著手散步過鬧區的圓環，去欣賞田納西・威廉作品改編的影片「夏日煙雲」，進入戲院之前，他和她很愉快的討論那部作品主題、意識。柔雲是個沉靜溫柔的好女孩，偶而也會流露半分甜蜜的哀感，但在某些見解上，她是有著超人智慧的。但當她走出戲院之後，繼續的探討卻被柔雲的特異狀況切斷了，他跟她說任何話，她只用傻笑答覆他。那真是一種可怕的突發的情況，霓虹燈光映在她的臉上，她的笑容刻入陰影，有一種瘋狂的感覺，那種情況持續了兩天，她一切的記憶全喪失了，只能吐出些不連貫的短語，諸如：「花」「天」「雲」等，他無法探究那些短語具有任何意義。

或許由於田納西・威廉那種特異思想的撞擊，使她柔弱的心靈因強烈感受而產引某一種病態的暈眩罷，他曾如此推想過；幸而很快她就恢復了，她解釋不出過去兩天爲什麼會變成那樣，她在清醒後顯示了另一種遺忘，當然，他沒有再作深究，從之認定了他自己的推想。

婚後第七個月，另一種可怕的病態被發現了，他下班時，她關緊房門，獨自留在臥室裏，發出斷續的大笑，在平常，柔雲的性格使她從沒有笑出聲音，他聽出那是反常的。於是他敲門，半晌，她才止住笑聲開門出來，他問她笑些什麼，她回答：「沒有笑啊！我只是有點累。」

他不能相信她的話，下女也說太太笑了一早上了。

他決心暗中注意她，終於在另一次發現了她的秘密，——她打開衣箱，換穿上新婚時縫製的衣裳，對著長鏡扭著跳著像個不知事的孩子，然後撩起衣衫的底襬，「嗤」的一聲把它撕裂，很耐心很冷靜的把一件衣裳全部撕成碎布之後，再換上另一件，扭一陣，跳一陣再撕，一會兒功夫，地板上全已散遍了紅紅綠綠。

他站在窗外，摒住氣看著，惟恐一出聲更會刺激她，他想不透她怎會突然變成一個無知而善淘氣的孩子，他只是呆立著，看她怎樣收拾？……直到她撕累了，笑累了，才停住手，仔細撿起地板上的碎布，重新塞回箱裏，然後，帶著一臉神清氣爽的樣子，打開房門。

他不了解她好端端的人爲何變得那樣乖張？那時她已經有了身孕，他開始想到「遺傳性神經病患」、「白癡症」、「羊癇瘋」、「精神分裂」等，但全不適於柔雲，如果說是遺傳？她父母全都正常，隔代遺傳的可能性很少，而且她兩個哥哥都是接受高等教育的人。白癡症更談不上，她修讀大學是因爲身體孱弱才停學的，天下也沒有過白癡症患者像柔雲那樣聰慧的！而且，她的病況也不太像精神分裂，至少，精神分裂也不至於恢復得那樣快，當她一刹狀況消逝之後，她又變成十分正常的人……

疑團放在心裏，他開始接受一種恐懼的搖撼，從他對柔雲的愛情滋長的另一面，他看見幻滅的影子棲落在自己心上，如黑鷹振翅，儘管對於遙遠朦朧的不幸的感知仍保持著抗拒，但阻止不了那種使人心悸的幻影逼近。

也曾試將思緒延伸，推展到多方面去深入思考：是婚後生活的變化刺激了她的情緒？是某一種特殊的事件使她驚嚇到神經錯亂的地步？抑或是她根本不滿意這次婚姻？他首先建立了許多假定，再依據這些假定作客觀的推想，發現那些假定全是不可能的，而她的病已經越來越表面化了。

藉出差的機會，他去看視老太太，道出柔雲的病況，他想：柔雲的事做母親的應該清楚，老太太對於柔雲有病的事顯得非常關心，也只說她自小體質弱，常鬧病，說起精神的疾病來，她一口否認了：

「要是她真有這種病，我們早會為她診治，決不至於把女兒胡亂推出門去害你，害你可不就是害自己嗎？」

他語塞了。無論如何，柔雲是自己的妻，他不能把責任卸到她娘家人身上去。他所以要坦率的提出來，只是希望探求她的病源起自何處罷了。

孩子出世後，柔雲的智力有顯著的衰退，對於家務，更是漫不經心，發病更成為每天必有的事，每次上班回來，她總做出些意想不到的破壞，衣裳、器皿、花草……不論是什麼東西，她非要把它們弄壞為止。他有時忍不住發怒，但總融在她溫柔的笑裏，他原諒她那一剎行爲，由於她當時是在無知的狀況裏，然而，當他要求她去就醫時，她拒絕了，理由很簡單：「真的，我沒有病！」

「您必須要從這種狀況上了解我目前難堪的處境。」他沮喪的說，眼神帶著祈盼和探詢：「我不能在她清醒時把她捆送到醫院來，她好像一隻糖漿吹成的花瓶，一觸就會碰碎了。我們的情感越深，我的痛苦越大，我總不能眼睜睜的看著她變成瘋人，她的病又是不可思議的怪異法兒；再說，以我的經濟力量，根本無法負擔她那種破壞，半年薪水也做不起來的衣物，經不得她一陣狂撕全成了碎布，但我又不能讓她赤身露體，而且……有一回，她竟把孩子身上的衣服撕光，我不放心，怕她連孩子也會撕開，只好送到托兒所去，更增加一份支出，每次上班，全要叮嚀下女看守著她，惟恐她發生意外，……」他雙手插在頭髮裏，嗨嘆著說：「我真的不知如何是好？爲了減少她的刺激，我已經閉門謝客很久了，說起某人娶個神經病太太，對我是無所謂，對她卻是一種刺傷——她最怕聽人說她有病，她永不承認有病，但我卻想到孩子長大後會不會……？」

當他以近乎狂亂的情緒進行述說時，醫生一直把沉思透過眼鏡的鏡片玩弄於他手裏的鉛筆上：

「在沒有進行對於病患本身細部檢查鑑定之前，我無法作草率的認定，不過，依據理論，所謂『不可解釋』似乎是站不住腳的，你要知道，任何在一般人認爲是怪異離奇的事情，對於精神病患本身，大部份都有線索可循，任何一種精神疾病都具有一種根源，像『遺傳』、『刺激』、『某種腦性病的引發』、『潛意識的相對亂流』、『病態的矛盾心理』等等，如果我們能確實掌握住那種導致疾病的根源，我們才能給予一種有效的治療。但在對她施行檢查之前，我亟願先和你討論一些有關的問題，俾供與檢查的結果互相參照，獲求一種比較正確的結論。」

「那當然好。」他說：「我急於要知道鑑定的結果，凡是對於鑑定有幫助的事情，我都願意盡我所知的詳細告訴您。」

護士爲他端來一盞茶，葉片聚在杯緣浮沉不定，心也跟著浮沉。那邊朱漆木架上懸著一籠鳥，陽光從東面的窗口透進來，正射過鳥籠的底部，半截籠影深，半截籠影淡，在他與醫生之間旋動，使他微感浮昇的暈眩。

醫生變換一種坐姿，靠在椅背上半側著頭，用眉尖鎖住一種不太穩定的思索，忽然結束游離，面部表情嚴肅起來，斷然問說：

「依照你接近的觀察，你認爲她在發病時，完全喪失記憶，停留於白癡或者接近白癡狀態嗎？——不要作多餘的解釋，請逕告我『是』或者『不是』！」

「噢！」他叫說：「我必須解釋，否則我無法回答您第一個問題。」

醫生只好把眉頭又鎖起來：「好！如果你認爲是『必須』的話，我願把你的陳述列入病歷。」

「我已經說過，她只在初次發病時有過那種白癡狀態，後來，儘管她撕碎衣物，據我觀察判斷，她仍然保有某種程度的清醒，比如說：她撕破衣物，她會很細心的把衣物包藏起來，不留一點痕跡。如果她不清醒，我敢斷言她不會這樣做，不是嗎？」

「我必須提醒你，有時候，一個精神病患者在發病時仍然保留一種直線意識。」醫生說：「在這種意識下所表現的行爲，有時從表面觀察是和常人無異的。但是，站在醫學立場，我們不能以之作爲『清醒』的論斷。——現在我要問，你確信她滿意這次婚姻嗎？」

「我確信！我們婚後的情感極爲融洽。」

「噢噢，」醫生尋思說：「那麼，當她發病之後，你真的沒加給她刺激嗎？我是說：你不把她看成一個具有精神疾病的人而使她自感不安嗎？」

「沒有。」他說：「我說過，我是不動聲色、惟恐增加她的刺激的。但我內心實在恐懼她的病是一種根本無法治療的遺傳；那樣，不但毀了我們這場婚姻，也將毀掉我們的孩子，事實證明我的恐懼是多餘的；她父母都是健康、正常的人。」

「你確曾問過她的母親，她自幼沒患過腦性疾病？比如腦膜炎、傷寒、或者過度的高燒？——那些都可能影響她腦部的發育，也許就會成爲精神疾病潛伏的根源！」

「我問過。」他再度搓著手說：「據答覆是沒有過。」

醫生推開他的轉椅，站起來在室內踱步了：「我想，我的問話是到此爲止了。」他繼續踱步，自語似的說：「或許……可能……這像是一種新的病例……」

他眼光落回杯緣，心像葉片一樣朝下沉落。

「但我決心要弄清楚。」醫生說：「我希望很快完成對她的檢查，在我聽取了你的陳述之後，已經獲得了一種初步的印象——當然，她的病是種在腦細胞裏，和所有精神疾病沒有兩樣，但不是遺傳，更非一般習見的精神分裂，依照病情推演，她內心應該懷有一種迷惘的恐懼，她的笑聲只是一種被魘壓著的驚呼，她撕裂衣裳和破壞東西，表示她的焦灼，這些和田納西・威廉無關，她初次發病或許僅由電影中某一鏡頭的直覺喚醒，比如『高空』、『旋轉』、『下跌』、『驚呼』、『兇殺』……那些刺激、緊張、暈眩的顯示。」

「我只盼望您能幫助我。」他說：「對她的治療，實際對我是一種援助，我自己是無能爲力的了！」

「明天能帶她來嗎？」最後，醫生說。

「我想我會盡力說服她。」他拾起帽子。

「你可以說成一次拜訪，」醫生送他到門口說：「記住，一次拜訪——要是她實在不願就診的話。」

手在病歷架上移動。由於別離。由於過度的惦念。四十二歲的病人施太太的小兒子陷留大陸，使她一天廿四小時不閉嘴咒罵中共。一種特殊的別離印象使她腦神經的活動成直線射達那一組感受細胞，成爲短期無法治癒的病症。

一四六一號，經商失敗，跳樓，癡迷的囈語症患者，整天重覆那些數字，整個腦細胞在作螺旋跳躍，好像嬰孩玩弄算盤。

二三八六號。一個失戀的少年，患著灰冷症，成天朗誦「少年維特之煩惱」，並且曾試圖以不足支持體重的繩索，不足量的安眠藥，不過腹的淺池，無刃的鈍刀從事半死亡之實驗者，治療方法是讓他死亡三天，然後他主動表示願意出院。

二一七四號，一個莫名其妙的憂鬱症患者，認爲他超人的深思不被接納於如蟻的人群，那使他的理想在現實世界中成爲夢囈——他實際只習慣在陽光下發出一串串無聲的夢囈，每當他翕動嘴唇吃動他眼前的空氣時，他面部表情之嚴肅要超過畫像上的孔老夫子。

醫生的思維穿過人世的萬花筒去尋求一種答案，從笑聲到破壞，從清醒到遺忘，一種可能的腦細胞活動的歷程，他想藉多年來一些比較特殊的病歷作爲連鎖性推想的第一個環結，但他失望了。柔雲在她先生陪伴下來過，人在一襲淡紫的洋裝裏像一朵令人清醒的秋花，她的談吐溫雅，言談間神智極爲清醒，並且了不介意的接受了檢查，而檢查的結果卻帶給他新的難題——除非她丈夫有精神疾患，不然就該是自己有病，無論如何，她是完全正常的。

「我懷疑他陳述的真實性！」最後，醫生對他自己說。

而他的難題更大，好不容易說服柔雲去接受檢查，結果卻換來醫生對自己陳述的懷疑。

「如果你硬說你太太有病。」醫生說：「那麼我相信她的病僅由於某一種極端微妙的心理變態，處在『醫學』與『心理學』之間，極不明顯，我根據你陳述獲得的有關而她病況的初期印象必須收回，科學所顯示的證據擊碎了我的玄想。」

「那才是不可思議的事呢！醫生。」他說：「我相信醫學道德不允許您背對事實，我認爲有毛病的可能是您，再不然就是您的那些科學機械。事實上，您可以隨時目睹她怎樣發病！——我說，我們可不可以遷就事實？從而展開學理上的探討；即使那種探討對於觸及她病源方面像海裏撈針一樣困難，但總比袖手旁觀要強。我的處境太困難了。」

「我們目前好像共同仰望一座沒有梯的樓。」醫生又顯露出他那種特有的沉思姿態，細心玩弄他手裏的筆：「我們必須先找到一架通向樓頂的梯子。如果你的陳述是正確的，我可以放棄那些依賴科學機械的幫助檢查所得的結論，仍然回到『她確實有病』這個假定上，從而尋找那架能夠通達她精神深處的梯子。首先，你要知道一般所謂『精神』『情緒』『心理』等等，都導源於腦細胞的『內向感受』與『外向反射』，這種心靈的活動就是所謂『意識』，它雖然包羅萬象，但必須經常保持統一和均衡，一切精神疾患都從此出發，先從意識的不平衡獲致病態的傾向，愈演愈深，直至不可收拾。我們想探索她情緒所以紊亂？意識所以亂流？必須要深入追溯到過去，一個人在童年期的感受是極端敏銳的，而在那個時期所汲取的強烈感受常常成爲成年後左右情緒或放射意識的潛在原力，這是我們的唯一希望所繫。」

他沉默的聽著，不知爲什麼，一種突如其來的衝動使他伸出手去，下意識的想攫取他眼前旋轉的鳥籠的影子，一種有形而無質的東西滑過他的手臂繼續旋動著，使人有玄幻的感想。語聲只是一種泡沫，騰湧於透明而沒有意義的空間，嘈嘈切切消失在蒼白的四壁，他內心有一種真實、無助的孤伶。

「通常！」醫生用提醒的語調繼續說，一面用中指和食指反覆量著一張紙：「我說，通常人類的細胞像無數封存備用的膠捲，由神經中樞嚴密管制著，以敏銳的感受力接受外界的感覺，保持當時的印象，使其在記憶中重現。有時候，一些存封太久的記憶，像攝影膠捲一樣褪了色，或者和神經末梢的控制系統產生一種黏膜性的阻隔，不容易接通，那樣，使一組感受細胞成爲睡眠狀態，便產生了遺忘。但是，某些特殊強烈的印象卻完全例外，它不但與神經中樞時時交通，並且有著分裂性和感染性，自我放射，自我感受，感受當時的焦灼、驚怖、憤怒、悲哀……等等特殊的感情，這種過度的心靈自我活動，同樣是精神疾病產生的根源之一。」

「我希望您說得明白一點，醫生。」他說：「那就是說：如何從她身上得到一個焦點?!」

「我不是正在集中焦點嗎?」醫生並無必要的上下推動他的眼鏡，好像焦點正集中在鏡片上一樣：「一般說來，精神疾病有兩種不同的狀態，專就起因來說，一種是腦部遭受直接的、明顯的傷害，比如腦膜炎對腦部的破壞，部份細胞的硬化，腦部癌症，過度高燒在腦膜留下的不正常殘餘痕跡，這些，都很容易藉科學的檢查被鑑定，另一種卻是間接，不明顯的，腦部細胞內部感染性疾病，如果她有病，她應該是屬於後者。——當然囉，照理說，任何疾病對於從事醫學研究的人，尤其是醫生，都是一種無可諉卸的責任。但是，現代的醫學，尚沒到達可以直接進入患者精神最深最微之處的那種程度，像她這樣犯病的醫治責任，實在應該由醫生和患者家屬共同負擔。」

「我一點也沒規避這種責任。」他有點感慨也有點悲哀：「爲孩子，爲家庭，爲我自己，我無法長期忍受這種痛苦，我不能讓這種怪疾病長期折磨她，當她發病時，我相信我比她更加痛苦。」

「所謂家屬，並非專指你而言，」醫生說：「主要的是她的父母、兄弟和童年期最接近她的家人。我要根據他們詳細的陳述，深入研究她自出生以來的全部生活情況，特別是一些事件，然後，再用它和她的病況互相對照，總會發現那架梯子的。我要你知道，我和你一樣，一點也不想規避這種責任。」

「除了她大哥還留在西德外，她全家都在台灣。」他說：「我相信他們都願意柔雲早一天康復的。如果有必要，我將立刻寫信通知他們到醫院來。」

「好的，」醫生說：「你寫信罷。」

一個晴朗的星期日上午，他在院子裏修剪草坪，忙得滿頭大汗，柔雲把藤椅和茶具全搬到修剪過的草地上來，他說今天要有訪客。就在昨天，柔雲還發過一次病；因爲他事先鎖妥了放置衣服的箱子而把鎖匙帶走，使她打碎了那面長鏡，他並不擔心星期日——他在家時，柔雲從來沒發過病。

該是醫生來訪的時候了，他看看腕錶，九點正。醫生說九點鐘準時到。門鈴一響，他過去開門，來的正是醫生。

「我花了將近三個禮拜的時間，終於找到一架梯子。」醫生說：「我已經研究了她的過去。」

「它適用嗎？」他說：「我是說你那架梯子。」

「等我當面進行一種試驗，但是我充滿信心的。」

「少見您，醫生。」柔雲笑著過來招呼說：「這回ー該不是來爲我看病的罷，您已經檢查過了，我沒有病，不知爲什麼，他總是不放心我；如果您不太忙，我想他自己該去檢查檢查了。」

「用不著，」醫生說：「我只是來看看你們。說真話，在這樣生活匆忙的城市裏，許多人的精神狀況都不穩定，三年之間，我擴充了兩次病房，還是沒有足夠的空間容納那些患有疑心病的神經病患，要是我不趁機休閒休閒，只怕我也會發狂了。」

「有時候我真想參觀那些瘋人的生活。」他插口說：「我真不知道他們用哪一種眼光來看這個世界。」

「你說瘋人？」醫生說：「那些人有時候比平常人更爲清醒。你曾參觀過院方爲他們舉辦的燭光晚會嗎？柔和的燭光帶著一種寧靜，一種無語的慰安，一種夢幻的回思和遙念，使他們安靜下來，他們的眼裏會流露出嬰兒般那樣純潔、明亮的眼光，在那裏，你可以聽見這個世界最真切的話語和聲音，在那時刻和他們相較，窗外的觀眾會自覺是瘋人。」

「你覺得醫生的話怎麼樣？柔雲。」他說。

柔雲淺笑著：「我很感興趣，但我沒有意見。」

他們坐在草地上的藤沙發裏，喝著茶，鳳凰木稀稀的葉影拂拭著人的臉，透過那些鮮麗透明、搖曳生姿的細葉，是一片水洗的晴藍，給人一種澄澈和舒暢的感覺。

「如果我們的思想穿透到深處去，你會覺得每一個人內心都包藏著一些從不顯示的瘋狂，像猜忌、無窮的慾望、夢想等等的。一般所謂『常人』，只是經常保有一種依社會傳統的表面控制，當那控制破裂，便形成突發的瘋狂。但一般人所謂『瘋人』，心靈實在比較清醒單純，他們只是固執的保有他們自己獨特的境界——一種實際上的透明的冷寂或是一種驚恐的螺旋……」

「對極了！醫生。」柔雲笑著說。

「如果整個世界都充滿那種『瘋』人。」醫生深思地：「那麼，我想這世界仍將保持一種完美而不至像今天一樣的混亂和下沉，那些左右世界的『超人』，實際上就是真正的瘋子，不過缺乏那種權威的敢於指認的醫生罷了！——比如當年的日本軍閥。」醫生略頓一頓說：「一二八事變，日軍攻我淞滬的時候，妳是在上海罷？」

柔雲突然震動一下，半晌說：「是的，我們全家住虹口，那時我五歲。」

「一些瘋人！」醫生用斷然的語調說：「一些天才的瘋人驅駛著一群愚昧的瘋人，夢想用鋼鐵完成一種不可能的征服，他們對著燭天的大火殺喊，踩過屍堆、血泊，發出陰慘的咆哮！野心、佔有與掠奪使他們衝破控制變成野蠻的瘋人，而我，一個初執業的醫生，我無法醫治那許多心理上的病患，只好讓他們打碎病院的招牌並且縱火。那一回，勉強可以說是我初期實際臨床的經驗罷！——那時候，你大概見過他們，那些黏泥帶血的瘋狂野獸。轟炸機呼嘯的從屋頂的低空飛掠過去，全市燈火齊滅，在一片墨黑之中，橙色的爆炸火光像怪閃一樣劃亮窗口，一種毀滅的感覺會從人幾瀕窒息的心裏迸裂出來，隨著一明一滅的窗光悸動，不是嗎？防空壕洞早已塞滿了人，仍有無數人在街廊下亂湧著，炸彈爆裂的火花描出殘圮、崩騰和陷落的黑影，你不記得那種景象嗎？——淒慘的光擦亮許多張灰白的人臉，幾乎每張顫慄、憤怒、歪扭的臉都寫著死亡。忽然間，炮擊開始了，濃煙沖白了黑暗，記得嗎？一種空前的大火把街道映得慘紅，驚呼的人亂踏著遍地的人影，那種景象對於任何一個人都將有一種瘋狂的感染！」

柔雲像石塑一般的呆在那裏，臉色變白了，瞳孔射出沉迷的、凝定的光。那不是述說，那是形象，那是一種暈眩的、零碎的旋舞與抽動，不是驚慌、夢魘和其他什麼，而是一種牢牢黏附的生長，使那一夕的景象生長在腦膜裏，成為另一個水晶的球形體，而一道長方形帶鐵欄的窗口橫在那世界與自我中間，她常常窺見那些淒慘欲滴的顏色，一些圖畫繞著透明的圓輪急速滾動，球體之外，裹一圈幻綠色的燄尾，在平常時日，她獨窺它們於一刹癡呆，然後母親的聲音，像光箭一般射入腦際的玄黑，一種迢遙的童稚時期聽熟了的叫喚，破空擊中那魔性的光球，再醒時仍然是母親的笑臉。沒有人窺破她腦中的世界，更沒有人對她提起那一夕的光景，球體顯現時，她完全回歸過往，使那一夕之後成長的經歷被關死在長窗裏面，而回歸到五歲的感受裏面，感受的是那麼逼真、清晰，她能看見那急旋的球體越滾越大，使自我被那圈幻綠色的焰尾燒溶，逐漸流化。但當光球寂滅，長窗關閉時，那些印象在玄黑的波濤上逐漸漂流遠去，她無從掌握，無從記憶，即使連一份「殘夢依稀」的感覺也難留住，這就是她斷然表示：「我沒有病」的原因。

而今，魔性的帶燄光球又顯現了，但在自我的意識裏同時被一種誇張性的述說的聲音吸住，使兩個截然不同的心靈世界同時亮著，並且透過長窗互作交通。那述說不是起自醫生，而是起自那透明的球體中心，即是當時的感覺，復成爲成長後的回憶，和那些旋轉的、凌亂的景象融在一起，變成心靈的吐述了。

「那時妳母親帶著妳在人群中奔跑……」聲音傳過來。

「那時我母親帶著我在人群中奔跑……」聲音在心中的耳邊產生回應。

「一枚炸彈在你們……**（在我們……）**身邊爆炸，**（聲音！聲音！）**妳跑散了……**（我跑散了……）**媽喲！媽……妳哭叫著，……**（我哭叫著……）**但更多的驚呼、哀哭和呻吟壓住了妳的……**（我的……）**聲音，多明亮的光球！**（恐怖的光球！）**於是妳**（我）**在人群裏亂滾，到處是紅的火！紅的火！到處是碎瓦、人屍、鮮血、和煙霧！**（煙霧！）**妳爬上**（我爬上）**一座已經著了火的樓，一座幽古、黑暗、空無一人的樓，每一扇窗都是一張醉紅的、嘩笑的臉，**（鬼魔的臉，死亡的臉！）**妳**（我）**爬上去，但大火卻滾延過來，燒斷了妳**（我）**身後的木梯。**（媽喲！媽……）**妳**（我）**走到當街的一扇長窗前面，日軍的一輛鐵甲車在街心中彈起火，火焰裏伸出幾個怪叫著的人頭。**（一座灰沉沉的古廟廊壁上火燄捲騰的地獄景象的復活！）**而車後的一群日軍撲過來，幾十支平端的刀刺追殺著難民。「柔……

雲……！柔……雲……！」母親在叫喚著妳（我），但她不知在哪裏（光球逼近，逼近！暈眩，暈眩！）她不知在哪裏？滿街全是慘毒的紅，像煮沸了一樣響著各種怪異的聲音。新的染著火光的血泊。瘋狂追逐的刺刀。曳光彈撞碎在高牆上迸散的紅的綠的奇幻的光雨，像一些倒掛的蓮蓬。（媽喲！媽……喲！）只有在心裏有這樣一種叫喊，一個溫熱的世界遠遠隕落如流星。「撕！」的一聲，妳（我）挽著的窗簾被撕落了！妳（我）便不斷的撕落每一扇窗簾並且叫喊。（媽喲……媽……）一座沒有梯的樓，一個五歲的孩子，在那一夜的大火裡暈過去了！」

（是我嗎?是我嗎?!）

（是我！是我?!）

這一回柔雲沒有笑，沒有撕裂什麼或破壞什麼，筆直的暈過去了。他急於要去扶她，醫生把他擋住了，繼續在她耳邊說下去：

「那不是終結!那不是!那樣瘋狂的野獸早已化成煙霧了!妳母親聽見妳的叫喊，從另一端的梯子搶上來救了妳!想想看?是不是這樣?」

門鈴又在那邊響了!他跳過去開門，進來的是柔雲的母親。

「請抱住她，老太太。」醫生吁了一口氣：「就像當年妳抱住她一樣，當她睜開眼時，讓她看見妳的臉。」

他掏出手帕來抹汗：「我真不知您做了些什麼？醫生。您就這樣嚇暈她就完了嗎？」

醫生也掏出手帕來抹汗，但笑容是輕快的：「我不是說過，這只是放上一架通達她病源的梯子，她的病全是那一組曾經感受當時驚怖、焦灼、迷茫的腦細胞在作怪，我要設法斷絕她『忘我進入』的毛病，使那些印象經由心理過渡轉化成平常的回憶，那就得藉科學的機械和藥物的幫助了！」

「我還是不甚明白，」他苦思說：「爲什麼她在婚前沒有發病呢？」

醫生笑起來：「因爲她擁有母親的聲音的喚醒！」

國家圖書館出版品預行編目資料

冰窟窿／司馬中原著.— 初版 —
臺北市：風雲時代，2008.01
面；　公分

ISBN 978-986-146-428-2 (平裝)

857.63　　96024854

冰窟窿

作　　者：司馬中原
出 版 者：風雲時代出版股份有限公司
出 版 所：風雲時代出版股份有限公司
地　　址：105台北市民生東路五段178號7樓之3
風雲書網：http://www.eastbooks.com.tw
官方部落格：http://eastbooks.pixnet.net/blog
信　　箱：h7560949@ms15.hinet.net
服務專線：(02)27560949
郵撥帳號：12043291
執行主編：朱墨菲
美術編輯：許芳瑜

法律顧問：永然法律事務所　李永然律師
　　　　　北辰著作權事務所　蕭雄淋律師
版權授權：司馬中原
初版二刷：2009年5月

ISBN：978-986-146-428-2

總 經 銷：成信文化事業股份有限公司
地　　址：台北縣新店市中正路四維巷二弄2號4樓
電　　話：(02)2219-2080

行政院新聞局局版台業字第3595號
營利事業統一編號22759935

定價：220元